掌中書
015

細品李白

信手拈來盡成詩

袁行霈——選編
朱光潛、袁行霈——等撰

五南圖書出版公司 印行

學識新知・與眾共享

——單手可握，處處可讀

「眞正高明的人，就是能夠藉助別人智慧，來使自己不受蒙蔽。」蘇格拉底如是說。二千多年後培根更從積極面，點出「知識就是力量」。擁有知識，掌握世界，海闊天空！

可是：浩繁的長篇宏論，時間碎零，終不能卒讀。

或是：焠出的鏗鏘句句，字少不成書，只好窖藏。

於是：古有「巾箱本」，近有「袖珍書」。「巾箱」早成古代遺物；時下崇尚短露，已無「袖」可藏「珍」。

面對：微型資訊的浪潮中，唯獨「指掌」可用。一書在手，處處可讀。這就是「掌中書」的催生劑。極簡閱讀，走著瞧！

輯入：盡是學者專家的眞知灼見，時代的新知，兼及生活的智慧。

希望：爲知識分子、愛智大眾提供具有研閱價值的精心之作。在業餘飯後，舟車之間，感悟專家的智慧，享受閱讀的愉悅，提升自己的文化素養。

五南：願你在悠雅閒適中……

慢慢讀，細細想

「掌中書系列」出版例言

一　本系列之出版，旨在為廣大的知識分子、愛智大眾，提供知識類的小品，滿足所有的求知慾，使生活更加便利充實，並提升個人的一般素養。

二　本系列含括知識的各個層面，生活的方方面面。生活的、人文的、社科的、藝術的，以至於科普的、實務的，只要能傳揚知識、增廣見聞，足以提升生活品味、個人素養的，均輯列其中。

三　本系列各書內容著重知識性、實務性，兼及泛眾性、可讀性；避免過於深奧，以適合一般知識分子閱讀的為主。至於純學術性的、研究性的讀本，則不在本系列之內。自著或翻譯均宜。

四　本系列各書內容，力求言簡意賅、凝鍊有力。十萬字不再多，五萬字不嫌少。

五　為求閱讀方便，本系列採單手可握的小開本。在快速生活節奏中，提供一份「單手可握，處處可讀」的袖珍版、口袋書。

六　本系列園地公開，人人可耕耘，歡迎知識菁英參與，提供智慧結晶，與眾共享。

叢書主編

二〇二三年一月一日

欲上青天攬明月——李白與他的詩

歷史學家認爲唐朝雄偉、博大而富於魅力，在軍事、宗教與文化各方面都有驚人的成就，推敲原因，有一部分是來自於它的開放與融合、包容與創新。如果說文學是一面反映時代的鏡子，那麼李白的詩，就是大唐盛世的寫照。

李白（七〇一—七六二），字太白，活躍於唐玄宗時代，有關他的祖籍與出生地，至今仍有一些爭論，據說他的祖上與漢代將軍李廣有關，這已難以考據。我們現在認爲他很可能出生在中亞的碎葉（哈薩克斯坦托克瑪克），或許有一些胡人的血統；《新唐書》記載了李白的出身不凡：「白之生，母夢長庚星，因以命之。」長庚星就是「太白金星」，又稱「啟明星」，在傳統文化中地位不凡，李白的誕生充滿了神話意味，他的一生神祕而充滿浪漫的色彩。

李白在四五歲時隨父親李客渡過大漠，從塞外遷居四川江油，讀書習劍，二十五歲離開四川，幾十年間遨遊四方，任俠求仙，結交天下名士，以天才縱逸的詩篇與豪邁灑脫的人格特質成爲當代風流名士，破格進入朝廷受玄宗皇帝款待。他不甘以文學成爲娛樂貴族的弄臣，但也因並無政治才能而離開宮廷。安史之亂中，一度跟隨江南王子舉兵叛亂，亂平後盛世已衰，老邁的詩人依附晚輩貧病而終，留下醉眠撈月的離奇故事。李白這些不凡的際遇，就其個人而言或是生命悲劇，但就文學來說，已足夠成爲後世小說家的故事題材，流傳在每一首精彩絕艷的詩歌背後。

一直到今天，李白仍是具有傳奇色彩的人物，過去我們在學術上，比較依賴周勳初、李長之、安旗等學者的著作，在二〇一三年，臺灣小說家張大春出版了《大唐李白》，其後中國作家哈金則在美國出版了以英文撰寫的《通天之路》，二〇二〇年由湯秋妍中譯在臺出版。這些作品都將李白浪漫的一生寫得非常生動，値得細細品味。而李白也是國際知名的詩人，他是較早爲西方所注意的中國詩人，美國意象派大師龐德（Ezra Pound，一八八五—一九七二）著名的作品《契丹集》（*CATHAY*），其中便翻譯了一些李白的詩篇；而英國學者亞瑟・偉利（Arthur Waley，一八八九—一九六六）也有《李白的詩歌與事業》（*The Poetry and Career of Li Po*）一書，向西方世界介紹這位中國的詩仙。李白淹通儒家典籍，懷抱政治理想，也有道家求仙長生之想，生命中有一段時間也與佛教結下因緣（其號爲青蓮居士），其爲詩人、爲酒徒、為俠客、為翰林、為黃冠、為居士、為叛亂者，一生複雜而多彩多姿，他的生命史體現了盛唐多元文化和他個人無盡的追求，也正是因為這些豐富的人生經歷，讓李白的詩篇有了不同於他人的色彩，擁有後人無法模仿的創造力。

李白的古體詩成就最高，其中又以樂府風味的作品最具特色。樂府詩來自於民間，以敘事性、口語化、諷喻感及社會寫實、男女愛情為明顯的特徵。而李白深切地把握了這種詩體的傳統特色，加上了個人天才的發揮，創造了空前的成就。以〈長干行〉一篇為例，他以整齊的五言體，透過一女性口吻自述愛情的歷程，除了「青梅竹馬」的動人意象傳誦千古，一片纏綿相思之意躍然紙上，豪邁如劍客，竟也能如此刻畫小兒女痴心情態，將純潔真摯的感情化為詩篇，打動所有讀者，這是李白天才橫溢的證明。

他更是善於驅動語言的藝術大師，最為膾炙人口的〈將進酒〉一篇，「人生得意須盡歡」、「天生我材必有用」、「古來聖賢皆寂寞」，句句寫到人心，這些詩句幾乎已經成為漢語中的金句格言；然而細心的讀者，或也可在他的詩句裡發現，李白喜歡使用數字，千金、三百杯、一曲、斗酒十千、五花馬、千金裘、萬古愁，絡繹不絕的數字在其他詩人的作品中是看不到的（另一首大家耳熟能詳絕句〈早發白帝城〉，一樣有：千里、一日、兩岸、萬重這些數字），李白將最難入詩的數字琢練爲詩句中的珠玉，加強了我們對這些名詞的量體想像，似乎感覺到超乎尋常的龐大誇張、急切與奔湧之感，呼應了他在詩中點出的「盡」、「空」、「必」、「不足」、「不願」、「皆」、「惟」這些非常強烈飽滿的字眼。這些藝術的功夫，很可能是我們認爲他的詩作「豪放」、「迅快」的原因。然而我們也必須體認，在這些藝術營造的背後，李白有一個對生命無寄、人生飄零的大感嘆，短暫的生命如何容納龐大的現實憂患？這是李白始終在叩問的議題。

李白在絕句上也有很特殊的風味，絕句以短巧見長，帶有很強的即興感，要在平白如話中昭彰人生的洞見或強烈的諷刺，留下綿綿不絕的韻味。我們今日讀李白〈靜夜思〉或〈獨坐敬亭山〉，皆能在相當口語化的二十字中，感受綿邈的憂愁。事實上，李白朋友與崇拜者很多，但他卻是將孤獨寫得最好的詩人，這兩篇五言絕句，只見月色山色，不見人煙，也許在縱酒狂歡之外，李白內心有十分悠長的寂寞。一般人只見其豪邁恢弘，甚或是虛榮浮誇，似乎只有杜甫眞正意識到他「冠蓋滿京華，斯人獨憔悴」（〈夢李白〉）的身影如何淒涼。

有些偏見，認爲李白詩非常好懂易讀，無須註釋，也不必分析，一目了然。但這只是表面之象，李白的詩雖然不如杜甫或李商隱曲折而多典故，但是他的詩卻有難以言喻的情感深度，有時必須透過全面閱讀與對比考察，才能進入李白的心意世界。我們都喜歡他在〈夢遊天姥吟留別〉中的灑脫：

世間行樂亦如此，古來萬事東流水。
別君去兮何時還，且放白鹿青崖間，須行即騎訪名山。
安能摧眉折腰事權貴，使我不得開心顏！

但是這樣一位看透古今、嚮往逍遙的名士，似乎與人間有一定的隔閡，但他竟然也有「摧眉折腰」的時刻：

我宿五松下，寂寥無所歡。田家秋作苦，鄰女夜舂寒。
跪進雕胡飯，月光明素盤。令人慚漂母，三謝不能餐。

〈宿五松山下荀媼家〉

李白不是自我中心主義者，他看到了人間的苦與寒，也看到了人情的明亮皎潔，他的「慚」是甚麼呢？爲何平常「烹羊宰牛且爲樂」的詩人，此時竟然「不能餐」了呢？這些情義內涵和思想肌理，或都需要我們來進一步理解。因此本書透過幾位名家，對其名篇做出簡潔扼要的賞析，是認識李白、理解古典詩歌藝術最好的讀本。

現今的世界非常快速匆忙，多數人每天在網路訊息及各種影劇聲光中渡過縫隙時光，我們似乎慢慢失去品味能力，在資訊流量中慢慢無法感受與審美。我覺得能在這樣的時空下，讀一點詩是非常好的。我們或許能在李白的詩句裡重新體驗月光的明暗，在天山、故鄉與江南的一條小河上，有什麼差別；也許可以在酌飲時想起李白如此清醒，卻又總是想要一醉的千古心事。當然我們還可以因爲那些愛情，等待與辜負、懷念或遺忘，想起我們生命裡遇過的人行過的路；或者在寂寞時讀一讀李白，發現寂寞中其實飽含清高的情愫，能將我們的心帶到那麼遙遠的境界之上。

都說李白是天才的詩人，也許所謂的天才，就是即使時空遙隔，依然能讓你我那麼深刻地感受到生命的美麗與哀愁吧！

國立臺灣師範大學國文系教授　徐國能

目次

古風（其十九）

西上蓮花山，迢迢見明星。素手把芙蓉，虛步躡太清。霓裳曳廣帶，飄拂升天行。邀我登雲臺，高揖衛叔卿。恍恍與之去，駕鴻凌紫冥。俯視洛陽川，茫茫走胡兵。流血塗野草，豺狼盡冠纓。

王琦註：「此詩大抵是洛陽破沒之後所作，胡兵謂祿山之兵，豺狼謂祿山所用之逆臣。」（《李太白全集》卷二）唐玄宗天寶十四載（七五五）十二月，安祿山陷東都洛陽。肅宗至德元年（七五六）正月，「祿山自稱大燕皇帝，改元聖武，以達奚珣爲侍中，張通儒爲中書令。高尙、嚴莊爲中書侍郎。」（《資治通鑑》卷二百一十七）這時的李白，雖然仍在江南宣城等地隱居，過著尋仙訪道的生活，但此時的修仙學道，遠不如他早年「儻逢騎羊子，攜手凌白日。」（〈登峨眉山〉）那樣專一、超脫。也不像他十年前寫〈夢遊天姥吟留別〉時，爲擺脫個人的苦悶而表現出對神仙世界的熱烈嚮往。安史之亂戰火的蔓延，使詩人處於避難的惶恐中，曾遠涉梁苑攜眷倉皇南奔（〈奔亡道中五首〉專紀其事），「我亦東奔向吳國」（〈扶風豪士歌〉），不時從虛無的追求中猛醒。社稷危難，生靈塗炭，使詩人曾受嚴重摧折的「安社稷」、「濟蒼生」的雄心躍躍欲試。然而，這畢竟是一顆屢遭挫傷的心，詩人在密切關注國事的同時，並未徹底忘卻他幻想中的仙境，入世與出世的尖銳矛盾始終縈迴於詩人腦際。這首詩，正是企圖把這種思想矛盾加以調和、統一，透過浪漫的遊仙，揭示安祿山稱帝後時局的急劇變化，表現詩人對祖國命運、人民苦難的深切關注。

詩的前十句，寫自己登華山而遊仙。蓮花山即西嶽華山的最高峰蓮花峰。明星是華山仙女的名字。華山仙女除明星外，還有一位叫玉女的，這裡是兼指。開頭兩句說，我登上崔巍的蓮花峰，遠遠看見了美麗的華山仙女。詩人身在江南，卻幻想在西嶽的奇峰登天，這一方面是因它高聳入雲，與天相近，登其巔可俯瞰茫茫秦川，渭、洛二水，易於逼近看清洛陽局勢；另一方面又因華山自古爲道山，有老聃在該山的許多傳說故事，這與詩人的宗教信仰一致。詩人舉明星而不舉玉女，除了押韻的需要外，傳說玉女（即弄玉）居玉女峰（即今華山中峰），非居蓮花峰。「明星」又雙關星辰，置入「迢迢」句中，還使人聯想到古詩「迢迢牽牛星」，更富有迷離的神話色彩。這兩句把我們帶進了眾星璀璨的廣闊天宇。詩人緊接著描寫華山仙女。說她們潔白的手中拈著淡色的蓮花，凌空虛步，飛升太清；她們身披拖著寬寬飄帶的彩虹衣裳，在廣宇中飄然行走。神女們在天空中悠哉游哉，使我們不禁想到敦煌壁畫中的飛天圖。我們也跟著詩人沉醉在這縹緲的世界裡。接下四句，寫自己被仙女邀見衛叔卿，並隨之升空遨遊。據葛洪《神仙傳》，衛叔卿是漢代中山人，服雲母成仙。他以為漢武帝好道，見之必加優禮。於是乘雲車、駕白鹿去謁帝。不料武帝竟待以君臣之禮。衛叔卿大失所望，遂離去。後來武帝派人尋訪，見他在華山上與人博戲。詩人與衛叔卿有過類似的遭遇。他四十一歲時曾被道士吳筠舉荐給玄宗，留長安三年，一直不受重用，後又遭高力士等權貴讒毀，無奈「懇求歸山」。這裡，詩人顯然把衛叔卿當成了知音，同遊紫冥。四句的大意是，華山仙女邀請我登上高高的雲臺，去參拜仙人衛叔卿；恍惚間自己與仙人同遊，駕著大雁升入了太空。被稱為謫仙的李白，彷彿果真變成了仙人，回到了可以自由馳騁的天上。他那飄逸的個性得到完美的展現。

詩的最後四句，寫從高空中俯視所見的中原局勢。詩人飄飄欲仙，卻未飄飄遠去。他的心和大地貼得是那麼近，他不能忘懷自己的祖國和人民。就像屈原「神高馳之邈邈」時「忽臨睨夫舊鄉」（〈離騷〉）一樣，李白從空中鳥瞰洛陽平川，只見遍地都是來去紛紛的胡兵，人民的鮮血塗滿了野草，而那些叛臣逆子卻封官加爵，自立朝廷。面對這幅觸目驚心的慘痛情景，詩人顫抖了，陷入無限憂傷的沉思之中。他還忍心遠走高飛嗎？這是不問自答的。詩人那顆憂國憂民的赤誠的心又回到了大地，回到了殘酷的現實。正是這顆赤誠的、充滿愛與恨的心，把全詩兩種世界、兩種格調渾然統一在一起，使人並無割裂之感。

蕭統《文選》將借助描述「仙境」來寄託作者思想感情的詩歌列爲「遊仙」一類。但魏晉以來的遊仙詩，名曰遊仙，實則變相隱逸，每每基於對現實的不滿，以高蹈遺世、蔑視榮華富貴作爲歌詠的主題。李白這首古詩卻是眞的遊仙境來了，而且遊得那麼愜意、痛快！詩人的遊仙，又非遠遁於世，而是以積極進取的精神重返現實，這不能不說是此類題材詩歌的顯著進步。李白不直接對現實作細緻描繪，而是借助離奇的幻想，從空中攝像，用粗線條來勾勒現實，概括道出當時局勢的嚴重及人民所遭受的災難，這正是這位詩仙獨具的浪漫主義表現手法。如果我們把杜甫同時期反映戰亂的詩歌與之對比，便可清晰看出這兩位大詩人再現生活的構思有多麼大的差異！

（謝　孟）

古風（其三十四）

羽檄如流星，虎符合專城。喧呼救邊急，羣鳥皆夜鳴。白日曜紫微，三公運權衡。天地皆得一，澹然四海清。借問此何爲，答言楚徵兵。渡瀘及五月，將赴雲南征。怯卒非戰士，炎方難遠行。長號別嚴親，日月慘光晶。泣盡繼以血，心摧兩無聲。困獸當猛虎，窮魚餌奔鯨。千去不一回，投軀豈全生！如何舞干戚，一使有苗平？

唐玄宗天寶年間，是唐王朝國力強盛的時期，但也是各種社會矛盾日益尖銳、危機日益深重的時期。其中包括中央王朝與邊疆少數民族政權之間的矛盾，也是錯綜而激烈，戰火綿延不絕，人民蒙受了沉重的災難。李白的〈古風〉三十四，便描繪了這歷史悲劇中的一個場景。

這首詩寫的是唐與南詔的戰爭。南詔當時是一個正在興起的奴隸制政權。它從開元末年開始強大，在唐的支持下統一了六詔（均在今雲南西部），歸順於唐。唐王朝之所以支持它，意在對付強鄰吐蕃。但南詔強大之後，卻又與唐發生矛盾，即雙方都企圖控制地處今雲南東部的東西二爨，而南詔取得了勝利。再加上唐王朝的邊疆大員貪婪淫虐，戰爭終於不可避免。天寶九載（七五〇），南詔攻陷唐雲南郡（治所姚城，在今雲南姚安北）。次年唐發大軍征討，大敗。南詔即改附於吐蕃。唐王朝不肯甘心，於是連年爭鬥不已。唐軍屢敗，死傷極爲慘重。爲了補充兵員，唐王朝大舉徵募。無人應募，便強制徵發，以至於派御史分道捕人，帶上刑具送往兵營。甚至採用欺騙手段，設酒食引誘貧民，捆綁入軍。〈古風〉三十四所寫的便是南方人民被迫從軍的慘狀。

詩的一開頭，「羽檄如流星，虎符合專城。」只用了兩件「道具」——飛速傳遞的文書和合在一起的虎符，就傳達出緊張的氣氛。羽檄，指徵兵的緊急文書。虎符，調發軍隊的符信，以銅刻作虎形，一半留於朝廷，一半在州郡長官處。朝廷調兵時，須執虎符與地方兵符驗合。專城即指州郡長官。接著加以渲染：「喧呼救邊急，羣鳥皆夜鳴。」只聽得喧嘩聲接連不斷，到處鬧嚷著邊境告急；連一群又一群鳥兒都被驚擾得不能棲息，在暗夜裡亂紛紛地啼叫不休。鳥兒尚且擔驚受怕，人更不必說；夜間尚且如此，白晝更可想而知。詩人小處著墨，略施數筆，讀者已被帶入惶遽動盪的氛圍之中。

但接下來忽又展現一片清明景象：「白日曜紫微，三公運權衡。天地皆得一，澹然四海清。」聖君臨朝，猶如白日當空；朝廷大員運轉著國家機器。天空清朗，大地安寧，四海寂然無波。得一即得道，係用《老子》語：「天得一以清，地得一以寧，神得一以靈，穀得一以盈，萬物得一以生，侯王得一以為天下正。」唐朝統治者自稱老子後人，崇奉道教，社會上道家思想頗為流行，李白即以道家語言稱頌其統治。這四句乍一讀來似與上下文不調和，實際上正真實反映了詩人矛盾和痛心失望的心情。此詩大約作於天寶十二載[1]。當時任用酷吏、製造駭人聽聞的政治迫害，並且特別忌恨文學之士的奸相李林甫剛剛死去，楊國忠獨攬朝綱。他出於權力鬥爭的需要，打擊李林甫餘黨，又做出收攬人才的姿態，因而曾博得一般士人的某些好感。李白在好幾首詩中對他，對當時的朝廷說過頌揚的話，此時「白日」四句也是如此。但眼前發生

---

① 據詹鍈《李白詩文繫年》天寶十二載李白自幽州南返，經梁宋而至長江下游一帶。又據《唐會要》九十九〈南詔蠻〉：「十二載，復徵天下兵，俾李宓將之。」〈古風〉三十四或即作於是年。

的事又使詩人憂慮萬分，所以他沉痛地說：當此君明臣良、天下晏安之時，爲何突然又出現了這動盪不安的局面呢？

「借問此何爲，答言楚徵兵。渡瀘及五月，將赴雲南征。怯卒非戰士，炎方難遠行。」這六句即以問答形式將所發生的事件交代清楚。楚，這裡指長江下游。瀘水即今雲南省境內金沙江。古人說那裡多瘴氣，三四月最甚，五月以後稍減，故於五月渡江。三國時諸葛亮南征即於五月渡瀘。「怯卒」句點明被徵者都不是訓練有素的士兵，也不是自願從軍的兵募，而是臨時湊合、毫無鬥志的羸弱平民。這就爲下文作了鋪墊，又暗示了戰爭的前途。古語云：「以不教民戰，是謂棄之。」將「怯卒」驅趕上戰場，不正是棄如草芥嗎！

以下正面描繪被徵者與親人離別時的情景：「長號別嚴親，日月慘光晶。泣盡繼以血，心摧兩無聲。」讀者耳畔似乎爆發出一陣陣驚天動地的哭聲，曠野裡，巷陌中，此起彼伏，日月也爲之慘淡無光。詩人悲憤的感情達到了高潮。行人和送行者都已肝腸痛斷，連痛哭的氣力都沒有了。於是撕心裂肺的號哭漸漸變成了無聲的啜泣；湧泉一般的熱淚已盡，接著是殷紅的鮮血！天地間一片岑寂，令人戰慄的沉默！

這是生離，也是死別。「困獸當猛虎，窮魚餌奔鯨。千去不一回，投軀豈全生！」送行的和被送的，都清楚地知道此一去決不能再回還，去一千死一千，去一萬死一萬，去十萬死十萬！詩人不禁以深廣的憂憤呼喊道：「如何舞干戚，一使有苗平？」如何才能像遠古時代的舜那樣，謹修德政，不動干戈，而使得有苗氏自動歸順？詩人希望唐王朝做到政治清明、國家富強、社會安定，以招徠邊疆民族，而不要一味用武。這是詩人的理想，其中也隱含著對唐王朝政策的批評。當時形勢，如上文所說，並不能簡單地說是唐侵略南詔，但它在這場衝突中舉措失當，迷信武力，卻也是事實。如天寶十載唐軍大舉南下時，南詔王曾謝罪，表示願歸還去年攻陷雲南時所掠人口財物，並修復雲南城。此時唐王朝若能審度形勢，有所節制，或許能取得較有利的地位。但唐軍主帥不許，結果大敗。此後楊國忠等面對一次次失敗，不思更張，卻隱瞞敗狀，窮兵黷武，終於造成了巨大的社會騷動。

李白是一位具有飽滿政治熱情的詩人。天寶初年他被擠出京，此後雖浪跡詩酒，但仍時時關注現實。這首〈古風〉正是一個鮮明的例證。當時人反映南詔之役的詩作不多。今日所見者，如高適〈李雲南征蠻詩〉爲唐王朝軍事行動大唱贊歌，顯然歪曲了現實；眞實地反映人民痛苦、抒發憂國憂民之情的，則只有劉灣〈雲南曲〉和李白此作。因此，它是彌足珍貴的。

（楊　明）

蜀道難

噫吁嚱！危乎高哉！蜀道之難，難於上青天！蠶叢及魚鳧，開國何茫然！爾來四萬八千歲，不與秦塞通人煙。西當太白有鳥道，可以橫絕峨眉巔。地崩山摧壯士死，然後天梯石棧相鉤連。上有六龍回日之高標，下有衝波逆折之回川。黃鶴之飛尚不得過，猿猱欲度愁攀援。青泥何盤盤！百步九折縈巖巒。捫參歷井仰脅息，以手撫膺坐長歎。問君西遊何時還，畏途巉巖不可攀。但見悲鳥號古木，雄飛雌從繞林間。又聞子規啼，夜月愁空山。蜀道之難，難於上青天，使人聽此凋朱顏。連峯去天不盈尺，枯松倒掛倚絕壁。飛湍瀑流爭喧豗，砯崖轉石萬壑雷。其險也如此，嗟爾遠道之人胡爲乎來哉！劍閣崢嶸而崔嵬，一夫當關，萬夫莫開。所守或匪親，化爲狼與豺。朝避猛虎，夕避長蛇。磨牙吮血，殺人如麻。錦城雖云樂，不如早還家。蜀道之難，難於上青天，側身西望長咨嗟。

巴蜀地處西南，素有天險之稱。東漢班固〈蜀都賦〉曾經描繪過那裡崎嶇壯麗的風光：山阜相屬，崗巒錯雜。巍巍峨峨的陡峻高山，直插雲天；波濤洶湧的湍急江流，一瀉千里。幽晦的叢林中，穴宅奇獸，窠宿異禽；翻天的白浪裡，游魚躍濤，中流相忘。在這氣象森嚴、環境險峻的地方，還流行著許許多多神奇的傳說，伴隨著古老的歷史和風俗，更增添了瑰祕的色彩。但蜀地又是一個令人嚮往的地方，那裡是沃腴的天府之國，商賈雲集的大都會，環繞穿行的幾股江流形成了發達的水上交通，而陸上蜀道之艱難，則使人生畏。這樣，歌詠蜀道難行，就成了文人墨客筆下的題材。據《古今樂錄》記載，劉宋詩人王僧虔曾有〈蜀道難行〉，可惜早已失傳。宋人郭茂倩《樂府詩集》中所收較早的有梁簡文帝和劉孝威等的作品，其中藝術成就最高、流傳最廣的，當屬李白的七言古體——〈蜀道難〉。

這首詩有三個特點：結構句式上的新穎、風格上的奇特和遣詞造意的驚心動魄。與李白的許多詩歌相似，作者對樂府古題又作了一次創新的改革，他衝破了通篇五言的格局，採用長短句式，錯落有致，使詩歌的關節顯得十分靈活。他又以一唱三嘆的方法來渲染主題，不僅有語詞的重複，更多的是意義的重複和情緒上的重複，使得詩從首句起即達到高潮，而結尾處仍維持著高潮，並在中間時時掀起一些波瀾，不斷刺激這個高潮的興奮點，維持著，不讓它低落下去。構思和藝術處理都顯得那麼新穎，同時，又是那麼和諧與完整。

讓我們來看看詩人是怎樣在巴山蜀水中發揮自己的藝術才華的。一聲長嘆：「噫吁嚱（吁嚱，蜀地方言，見物驚嘆聲）！危乎高哉！蜀道之難，難於上青天！」即把讀者的心懸了起來，借用心理學的說法，叫做「引起注意」。接著，切入正題。然而詩人並不立刻描寫蜀地的實景，而開始「尋根」，追溯起歷史和神話來了：據說，秦惠王設置蜀郡（今四川省中部地區，治所在成都市）以前，有過蠶叢、柏灌、魚鳧等許多代政權，經歷了好幾萬年，眞是說不清究竟何時就有了這個都城。可是，在那漫長的年代裡，卻與世隔絕，直到秦惠王嫁女時，五丁（五個力士）開山，地崩山摧，化爲五嶺，才有今後如此險峻的天梯石棧（即棧道，兩山之間鑿崖架木而成的道路）。這段不見人跡的歷史，不正證實了蜀道除了鳥道之外，高不可攀之「難」嗎？

詩人似乎並不滿足於「尋根」，筆鋒一轉，開始勾勒蜀地的風貌：聳入雲霄的高峰，高得擋住了太陽神的龍車（傳說日御羲和每天駕著六條龍拉著太陽座車運行，走到蜀地，爲高標所阻，只好把車子倒轉回去）；衝波逆折的急流，回漩改變了流向。你看那青泥嶺（在今甘肅徽縣東南，是甘、陝入蜀要道），懸崖萬仞，令那些入蜀行人心驚膽戰地在山路上蹣跚，似乎他們一伸手，就可以捫觸到星辰。只得仰首屏氣不敢呼吸，坐下來撫胸長嘆行路難。如果你去詢問他們，什麼時間能夠從蜀地返回？他們將會異口同聲地回答你：道路如此艱難，誰能說得準歸期呢？啊！展望前程，滿目淒涼，只有林鳥在山間不斷地穿梭啼鳴，特別是子規（即杜鵑鳥）的鳴聲悲切，從夜叫到天明，好像在說「不如歸去」。

這就是蜀地的現實，一幅多麼有氣勢的山水人物圖畫，然而，從歷史到現實，蜀道之難的意義又進一步加深了。歷史階段是「西當太白（太白山，在今陝西郿縣、太白縣一帶）有鳥道，可以橫絕峨眉（峨眉山，在今四川峨眉縣西南）巔」，而現實中的蜀道竟是「黃鶴之飛尚不得過，猿猱欲度愁攀援」、「蜀道之難，難於上青天」，詩人由衷發出了嘆息，可是他並不就此罷休，更有令人戰慄的景色，「使人聽此凋朱顏」。請看，那最高的山巒，幾乎碰到了天；那倒掛的枯松，在絕壁懸崖邊延伸；那飛湍瀑流和巖石撞擊，轟響喧豗，如同萬壑雷鳴，……還有那由漢中通向蜀地的必經之途——劍閣（在四川劍閣縣北，又名劍門關，是大、小劍山之間的一條棧道），更是無法用筆墨形容了。在描繪險惡的環境時，詩人還嫌不夠，連說帶勸，入蜀之人，眞有朝不保夕之危，雖然錦城（今四川成都市，又叫錦官城）是個好地方，還不如早早還家。你不信嗎？請看，那些在鳥道上攀援的人，正在「側身西望長咨嗟」：「蜀道之難，難於上青天！」

三次嘆息，三次反覆，突出了一個「難」字，而「難」的程度則在這重複中一次次向縱深發展，從較單純的敘述向夾敘夾議發展。而在這些發展中，我們體味到了創作主體——作者本人的風格，一種超俗的、變幻無窮的、豪放不羈的奇特風格。

清人沈德潛說，李白「筆陣縱橫，如虬飛蠖動，起雷霆乎指顧」，正因爲如此，「太白所以爲仙才也」。李白的風格豪邁、奔放，充滿著激情，所以他的奇是一種壯麗的想像和誇張，透過瑰麗的神話傳說，天馬行空式的馳騁想像，詩人的筆下展現出了一連串奇麗峭拔的蜀地風光，令人目不暇接。詩中的歷史神話傳說富有悲劇的崇高美，而描繪景色則用大幅度的跳躍手法，忽而山，忽而水，忽而峰巔，忽而深淵，猶如一組組驚險的電影鏡頭拼接在一起，在我們的眼前快速掠過，讀者的心爲之震盪！李白的奇，並不表現在用僻詞冷字來做文章，而是一種壓倒一切的氣勢，一種行氣如虹、走雲連風的藝術境界。這首詩遣詞造句自然流暢，如同大江一瀉千里。它有一種感染力，緊緊地攫住讀者的心，它駕馭著讀者的情感脈搏，使之和作者一起跳動。這樣，作者、作品和讀者常常融爲一體，當我們欣賞這首詩的時候，似乎和詩人一同體驗了蜀道的艱難，對於那些險峻的蜀地山川，竟會有身臨其境之感。

遣詞造句用平常的字，並不等於詩境的平淡，有時恰恰能收到相反的藝術效果。

這首詩雖然用字不奇，但藝術效果卻是驚心動魄的。首句，詩人就按照蜀人的習俗，用了當地的驚嘆詞「噫吁嚱」，接著一句「危乎高哉」，又一句「蜀道之難，難於上青天」，語雖平常，但此時此地，烘托著一種氣氛，使全詩一開始就進入了高潮。又如「蜀道之難，難於上青天，使人聽此凋朱顏」，句中也沒有奇字，但後一句卻令人毛骨悚然。詩人不直接寫蜀道之難，而是說人們一聞「蜀道」二字，立即老去幾十年，蜀道之難，可想而見了。這樣的處理，簡略概括，但藝術效果卻又十分強烈。蜀道的劍閣是一條三十餘里長的棧道，群峰如劍，連山聳立，削壁中斷如門，地勢極險，爲天然要塞。詩人寫道：「劍閣崢嶸而崔嵬，一夫當關，萬夫莫開。」句中點化了左思〈蜀都賦〉中描寫劍閣的句子：「一人守隘，萬夫莫向。」自然而不露痕跡，眞可謂「天然去雕飾」了。

〈蜀道難〉約作於唐玄宗開元末（七一三—七一四）第一次入長安時。唐天寶中殷璠編《河嶽英靈集》選入此詩，贊揚這首作品「奇之又奇，自騷人以還，鮮有此體調」。自此之後，不少人開始探討詩的本事和寓意，歷來的說法大致有四種：一、罪嚴武說：杜甫晚年與房琯同爲劍南節度使嚴武的部下，嚴武爲人暴虐，李白作詩勸他二人早日離蜀。二、諷玄宗說：安史亂之後，玄宗奔蜀，李白認爲蜀地不宜久居，作詩諷諫。三、刺章仇兼瓊說：章仇兼瓊開元、天寶之際爲劍南節度使，不受中央節制，故李白作詩以諷。四、純屬歌詠蜀地山川，即事成篇，別無寓意。近年前三種看法基本上已被否定，可參看拙著《李白集校註》。目前尚有人認爲是送友人入蜀之作，或是嗟嘆仕途的坎坷。但是，這兩種看法也缺乏根據。從詩歌的整個內容和風格看，作者並不一定有什麼具體的寄寓，而詩中卻反映了詩人對現實生活的看法和態度。他那種傲岸的精神和超邁的風度在詩中仍然表現得十分鮮明。全詩雖然一嘆再嘆蜀道之艱險，幾次勸慰他人西返，但作者自己在詩中的形象卻沒有半點恐懼，而是以橫絕太空的氣勢，用俯視的角度來對待「使人聽此凋朱顏」的蜀道，這和詩人的人生態度是一致的。至於〈蜀道難〉中「錦城雖云樂，不如早還家」，不過是詩人虛指而已。〈蜀道難〉的產生與詩人的其他作品如〈劍閣賦〉等描寫蜀地風光的作品有關，同時也深受前朝文人作品的影響，其中左思〈蜀都賦〉的影響是很明顯的。李白的詩作以想像與現實相結合，爲我們留下了一幅描繪巴山蜀水的絢麗畫卷，它的藝術價值是永存的。

（朱金城）

將進酒

君不見黃河之水天上來，奔流到海不復回。君不見高堂明鏡悲白髮，朝如青絲暮成雪。人生得意須盡歡，莫使金樽空對月。天生我材必有用，千金散盡還復來。烹羊宰牛且爲樂，會須一飲三百杯。岑夫子，丹邱生，將進酒，杯莫停。與君歌一曲，請君爲我傾耳聽。鐘鼓饌玉不足貴，但願長醉不復醒。古來聖賢皆寂寞，惟有飲者留其名。陳王昔時宴平樂，斗酒十千恣歡謔。主人何爲言少錢，徑須沽取對君酌。五花馬，千金裘，呼兒將出換美酒，與爾同銷萬古愁。

強烈地表現自己的個性，是李白作品的一個重要特點。〈將進酒〉就是一篇深刻地揭示了詩人內心的矛盾、拚搏，個性非常鮮明突出的名作。

「君不見黃河之水天上來，奔流到海不復回。」對於這個極富有氣派的開篇，通常將它和下面兩句聯繫起來，認爲是借河水的一去不復返，興起時光的易逝，這種詮釋未免把詩句所能給予讀者的豐富感受，限制得過於狹窄了。實際上這個開頭對全篇具有統攝意味。那宛如自天傾瀉的河水，激浪奔騰，勢不可當，在形象上與詩人洶湧噴發的感情是相似的。詩人寄情於雄偉奔放的黃河，同時也就借黃河把自己的精神性格映現出來了。

「君不見高堂明鏡悲白髮，朝如青絲暮成雪。」表面上看，句意是慨嘆光陰迅速，人生易老。但僅作這樣的理解也嫌簡單。「草不謝榮於春風，木不怨落於秋天」，「萬物興歇皆自然」（〈日出入行〉），這種萬物由生長到老死的客觀規律，李白本來是以坦然的態度對待它的。現在之所以悲，則有著更深刻的原因。他不是一般地「悲白髮」，嘆息人生短暫，而是悲華年虛擲，未能建立功業。這種悲幾乎痛入骨髓，如果說詩的一、二兩句是借黃河之水象徵性地表現詩人的感情狀態，那麼三、四兩句則點出了感情激浪因何而起。以上兩組長句可謂積鬱難抑、噴薄而出，揭示了感情矛盾的核心，下面則是圍繞這一矛盾，進一步展開種種複雜的情緒活動，時而曠達，時而自信，時而憤懣。同時不管出現何種精神狀態，又都和酒分不開。

「人生得意須盡歡，莫使金樽空對月。」既然人生短暫，功業未成，有無限悲感壓在心頭，那麼遇有得意之時，就應當努力排遣，盡情歡樂。這裡所謂得意，乃是適性快意，指像下文點出的遇到岑夫子（勛）、丹邱生（元丹邱）那樣的好友，言談和思想活動都比較自由解放的狀態。遇有這種適性快意的場合，便可把苦惱暫時拋在一邊，借助酒力，在「得意」中舒展一下身心。兩句中，前面用「須」，從正面肯定、強調，緊接著透過「莫使……空……」構成雙重否定，再進一步加重，把詩人要飲酒、要盡歡的慾望，表現得極其強烈。而詩人的情緒，能夠這樣從「悲白髮」中突圍而出，又需要多麼開闊的胸襟和強大的精神力量啊。也可以說這是及時行樂吧，但它不是醉生夢死地打發「百年光陰有限身」，而是在用世願望未能實現的悲感中，要脫卸一下精神負擔的自我拚搏。

正因爲如此，詩人一邊高舉金樽，一邊仍然執著地想到用世：「天生我材必有用，千金散盡還復來。」感情從前面抒發的悲感中彈跳出來，不僅要用世，而且達到充滿自信的程度。李白在人生面前，既有被動的一面，又有主動的一面。社會的不公平，使他功業無成。但他生性豪爽，雖悲亦有推開悲鬱的得意之時；他天生高材，雖悲亦不失自信。而當他意識到自己具有這種對抗社會的能量的時候，就要大張旗鼓地借酒盡情歡樂一番。「烹羊宰牛且爲樂，會須一飲三百杯。」這是何等的氣派！詩人無疑需要擁有強大的精神力量，才會有這種快意的抒發。

以上是第一段，作者的情緒從悲感中突破出來，到自信地盡情飲酒。第二段則是在酒酣氣足中繼而評說社會人生，表現情緒的又一次推進。這一段，前面有一節引子：「岑夫子，丹邱生，將進酒，杯莫停。與君歌一曲，請君爲我傾耳聽。」它起著承上啟下的過渡作用，在穿插中既使詩顯出了層次和變化，同時又完全是席間頻頻勸酒的口吻，給詩增加了眞切深摯的氣氛，讓讀者感到在酒酣之際，詩人激情難以自抑，須面對知己，痛痛快快地傾訴和揮斥胸中的積鬱。

「鐘鼓饌玉不足貴，但願長醉不復醒」，詩人首先把矛頭指向富貴。鐘鼓饌玉、富貴榮華是世俗所重的，那些「蹇驢得志鳴春風」之徒，所藉以向詩人表示驕傲的，也無非是富貴，詩人否定了它，精神上也就更加主動了。

除了鐘鼓饌玉者外，人間還有聖賢一流。對於聖賢，詩人並不否定，但他們在賢愚顚倒的社會裡也是受冷淡的，蹭蹬寂寞，其道不行，當今之世難道還應再效法嗎？反之，那些飲者，倒往往驚世駭俗，留名千古。「留其名」的飲者，當然不是一般的酒徒。「小飲眞瑣瑣」是不夠格的，而應該是和詩人自己一樣痛飲狂歌、飛揚跋扈的人物。詩人把聖賢和飲者對舉，抑彼而揚此。言下之意是，當聖賢還不如當飲者。人們據這個邏輯逆推，去尋求它的前提（社會根源），自然會想到社會的不合理。李白在作這樣抑揚的時候，對於飲者的思想行爲有違於聖賢之道，應該是心中有數的。但他寧爲飲者而不爲聖賢，不遵從聖賢所提倡的中庸之道，而採取狂傲不恭的態度，卻是一種帶有報復性的心理，不合理的社會壓抑他，讓他「不得開心顏」，反過來他也不願給社會好看。「一醉累月輕王侯」，酒酣之後，用白眼去看那個汙濁的社會，以變態（人）去對抗變態（社會），不是比做依中庸之道而行的聖賢痛快得多嗎？

「陳王昔時宴平樂，斗酒十千恣歡謔。主人何爲言少錢，徑須沽取對君酌。五花馬，千金裘，呼兒將出換美酒，與爾同銷萬古愁。」爲了給飲者壯聲色，詩人拉上了曹植。這位聲名赫赫的人物，曾在平樂觀與賓客醉飲，美酒一斗，價值十千，恣意歡謔。李白以曹植作爲效法的對象，勸主人莫愁錢少，要把寶馬輕裘典當出去，以佐酒資，當然不是一般的消遣，而是不喝酒固然不成，喝少了也不成。

所謂「萬古愁」，又回應了開頭的「悲」，它是以懷才不遇爲中心，把整個古代史上賢愚不分、才智之士未得舒展懷抱的憤鬱都囊括在內了。詩人要透過痛飲把「萬古愁」都銷盡，這種飲酒所表現出的狂傲、放肆，當然也就更足以驚世駭俗了。

就這樣，整首詩都讓人感到，詩人的感情始終處在激烈的拚搏之中。全篇就是一曲借助酒力，努力排遣愁悶，渴望伸展才智，在悲感中交織著自信的樂章。封建社會中普遍存在的懷才不遇的矛盾，透過李白的感受和體驗，激成了像黃河之水那樣洶湧澎湃的情感波濤。

這篇名作突出地顯示了詩人思想性格的特點：一方面無論悲哀還是自信，都以強有力的形式表現出來，它反映了李白精神情感的力度，反映了其情感內部的種種衝突、搏擊，常常是以非凡之勢展開的。另一方面，面臨上述矛盾，李白的趨向，不同於屈原，「九死未悔」地「法夫前修」和杜甫的「白首甘契闊」。屈、杜按封建社會的道德規範，矻矻以求，甚至知其不可為而為之。但李白在矛盾面前，卻不循封建社會的繩墨規矩而行，他有偏離封建正軌，趨向叛逆的時候。自信到自認為「我材」出於「天生」，而且宣布「必有用」，實際上是對不承認和扼殺天才的庸俗社會的叛逆；否定權勢富貴，不願效法聖賢，把飲者擡到他們之上，當然更是一種叛逆。至於靠酒給他增加叛逆的精神力量，典裘賣馬地向狂醉中奮進，並且內心中始終與一分深刻的悲涼情緒拚搏著，又未免被杜甫用「佯狂眞可哀」講到本質上去了。這些，正是表現著李白精神性格的主要特點和內在的複雜性。

性格的鮮明突出，與詩人抓住的酒酣時的精神狀態加以抒寫很有關係。此時便於深入揭示內心世界的激蕩和矛盾，展開精神世界的各個側面。嚴羽說：「一往豪情，使人不能句字賞摘。蓋他人作詩用筆想，太白但用胸口一噴即是，此其所長。」這評論是很精到的。李白正是抓住烈士對酒的契機，借酒作為引發詩情的觸媒，「用胸口一噴」，把整個精神性格鑄入了詩篇。讀這首詩，彷彿使酒逞氣、熱血沸騰的李白，彷彿這位傲岸倔強、情感如大河激浪、要用酒去衝銷「萬古愁」的詩人就在眼前。

（余恕誠）

行路難（其一）

金樽清酒斗十千，玉盤珍羞直萬錢。停杯投箸不能食，拔劍四顧心茫然。
欲渡黃河冰塞川，將登太行雪滿山。閑來垂釣碧溪上，忽復乘舟夢日邊。
行路難，行路難！多歧路，今安在？長風破浪會有時，直掛雲帆濟滄海。

英才蹭蹬，志士侘傺，任何時代都有懷才不遇的悲歌。此詩嗟悲歌挺拔劍，吐塊壘於對酒，壯懷激烈，磊落雄亢，堪稱千古悲歌中的雄作。

「行路難」是樂府舊題，郭茂倩《樂府詩集》卷七十〈雜曲歌辭〉中，收錄了六朝鮑照以來的「行路難」數十首。《樂府解題》云：「〈行路難〉備言世路艱難及離別悲傷之意。」李白此作的題旨也相類，但全詩卻悲而不傷，自有豪氣英風在。胡震亨《唐音癸籤》卷九〈評彙〉五說：「太白於樂府最深，古題無一弗擬。或用其本意，或翻案另出新意，合而若離，離而實合，曲盡擬古之妙。嘗謂讀太白樂府者有三難：不先明古題辭義源委，不知奪換所自；不參按白身世遘遇之概，不知其因事傅題、借題抒情之本指；不讀盡古人書，精熟離騷、選賦及歷代諸家詩集，無繇得其所伐之材與巧鑄靈運之作略。」李白此首〈行路難〉獨特的思想和藝術個性，也必須解「三難」，然後可得其意。

詩開頭即從華宴高座寫起，「金樽清酒斗十千，玉盤珍羞直萬錢」，「金樽」、「玉盤」，器皿貴重；「清酒」、「珍羞」，酒饌佳美；「斗十千」、「直萬錢」，極言筵席的豐盛、奢華。前句化用曹植〈名都篇〉「美酒斗十千」；後句用《北史》「韓晉明好酒縱誕，招飲賓客，一席之費，動至萬錢，猶恨儉率」的典故。可見「巧鑄靈運」之妙。李白曾高歌「人生達命豈暇愁，且飲美酒登高樓」（〈梁園吟〉），在這「金樽清酒」、「玉盤珍羞」的場合，本來應當是「一杯一杯復一杯」、「會須一飲三百杯」的，可是，詩篇接著卻是場面陡轉，平地波瀾，倏忽間推出一個特寫鏡頭，「停杯投箸不能食，拔劍四顧心茫然。」詩人沒有往日的歡謔，只有浩茫的心事。他停下酒杯，丟下雙箸，如此「清酒」、「珍羞」卻沒有引起詩人的食慾。他拔出長劍，卻是四顧茫然。此二句顯然是化用鮑照〈擬行路難〉第六首：「對案不能食，拔劍擊柱長嘆息。」但在全詩中表現出比鮑詩更為複雜的歧路彷徨的苦悶之感。而一、二兩句與三、四兩句的轉捩，形成鮮明對照，更加深了這種效果。詩人的痛苦和鬱悶可想而知。

詩人回首往事，展望前程，眼前浮現的是一派艱險可怖的景象：「欲渡黃河冰塞川，將登太行雪滿山。」開元十八年（七三〇），詩人抱著「何王公大人之門，不可以彈長劍乎」的自信，「西入秦海，一觀國風」，欲「申管、晏之談，謀帝王之術，奮其智能，願爲輔弼，使寰區大定，海縣清一」，他「遍干諸侯」、「歷抵卿相」，幻想一鶚雄才。可是得到的卻是「冷落金張館，苦雨終南山」、「彈劍作歌奏苦聲，曳裾王門不稱情」、「大道如青天，我獨不得出」。詩人終於初諳了世道的艱險，功名的難求，理想的渺茫。這詩中的「冰塞黃河」、「雪滿太行」，不正是李白一入長安，備受坎坷，行路艱難的象徵嗎？鮑照〈舞鶴賦〉中「冰塞長川，雪滿群山」，顯然是李詩這兩句點化脫胎的所在，但李白賦予了它一種具有特定意義的象徵。

既然政治黑暗，詩人找不到政治出路，也就只能歸隱身退了。但詩人又遙想起商朝末年的呂尙，年過八十，還在渭水之濱垂釣，後來終於被周文王起用，輔佐君王，大展鴻圖。又聯想到伊尹在被商湯任命爲宰相之前，曾夢見乘舟過紅日之旁。詩人不禁滿懷感奮，幻想自己總有一天像呂尙、伊尹一樣，時來運轉，一鶚雄才。於是寫下了「閑來垂釣碧溪上，忽復乘舟夢日邊。」詩人的濟世之心可沒有泯滅呵！他堅信世上風雲際會，命途變幻，要實現自己的理想，只有等待時機。

但是，這種幻想的自慰，只能喚起詩人心靈深處更大的痛苦，面對現實，詩人不得不憤然悲號：「行路難，行路難！多歧路，今安在？」這悲愴的怒喊，千載之下，仍然震撼著人們的心靈，使人感染到詩人的激憤之氣。長歌當哭，只有長呼大叫，方能一洩憂憤。人生道路上歧路紛沓，路在哪裡？哪裡是路？在此，全詩由原來的七言轉為三言，節奏急切，高亢激越，凝縮著詩人火山噴發般的激憤之情。

然而，結句卻又使詩境豁然開朗：「長風破浪會有時，直掛雲帆濟滄海。」這彷彿是貝多芬《英雄交響樂》中的英雄主題衝破陰翳和黑暗，來到一片金色的燦爛朝陽中。詩人壯思飛越，豪情逸興，充滿對前途和理想實現的有力展望和樂觀信念，使這首悲歌頓時充溢著豪邁進取的激情，噴發出一種壯闊雄渾的盛唐氣象。

此詩當是詩人開元十八、九年（七三〇、七三一）初入長安、困頓而歸時所作。《唐宋詩醇》評〈行路難〉三首說：「冰塞雪滿，道路之難堪矣。而日邊有夢，破浪濟海，尚未決志於去也。」此論頗切。與〈行路難〉同時之作有〈梁園吟〉、〈梁甫吟〉等。〈梁園吟〉末句「東山高臥時起來，欲濟蒼生未應晚」；〈梁甫吟〉末尾：「張公兩龍劍，神物合有時，風雲感會起屠釣，大人峴屼當安之」；與此詩末句「長風破浪會有時，直掛雲帆濟滄海」思想感情如同一轍，反映了當時詩人壯志未酬、雄心不泯的自勉。或釋「濟滄海」為棄世歸隱之意，如明人朱諫云：「世路難行如此，惟當乘長風，掛雲帆以濟滄海，將悠然而遠去，永與世違，不蹈難行之路，庶無行路之憂耳。」（《李詩選註》）倘從李詩同時諸作的思想感情和〈行路難〉（其一）的感情基調考察，這種「棄世歸隱」說顯然不當，有悖詩人原意。況此二句顯然是化用宗慤典故，《宋書．宗慤傳》記載：宗慤年少時，叔父宗炳問其志，他慨然答：「願乘長風破萬里浪。」李白化用此典，鑄成這一千古雄句，激蕩千秋志士之心。

〈行路難〉波瀾起伏，跌宕有致，反映了詩人感情的跳躍多變。詩的構思緊緊圍繞主觀和客觀、理想和現實劇烈的矛盾衝突而展開，時而熱烈，時而沉鬱，時而絕望，時而高昂，開合騰挪，牢籠百態，沛然奇氣，充塞其中。充分展示了詩人李白「瑰奇宏廓，拔俗無類」（范傳正〈李公新墓碑〉）的個性特點。在韻律節奏上，時而用對句轉折，形成排奡之氣，音節從低沉到高亢；時而長短錯落地安排節奏，並運用音色、音勢、音長、音重的變化，或復疊高呼，長歌當哭；或高歌遏雲，雄句突起，表現詩人內心情緒的奔騰起伏和憂憤悲喜。在這短章方寸之中，充分馳騁詩人的才情。胡震亨《李詩通》云「凡太白樂府，皆非泛然獨造。必參觀本曲之詞與所借用之詞，始知其源流所自，點化奪換之妙。」從全詩的源流承繼上看，詩人在此詩中最受曹植、鮑照的影響，詩中有不少從曹、鮑詩中脫胎奪換而出的詩句，但詩人巧鑄靈運之辭，化作自己的筋骨血肉，在思想和藝術境界上，比前人更高一籌。

（郁賢皓　倪培翔）

日出入行

日出東方隅，似從地底來。歷天又復入西海，六龍所舍安在哉？其始與終古不息。人非元氣，安得與之久徘徊？草不謝榮於春風，木不怨落於秋天。誰揮鞭策驅四運，萬物興歇皆自然。羲和！羲和！汝奚汨沒於荒淫之波？魯陽何德，駐景揮戈？逆道違天，矯誣實多。吾將囊括大塊，浩然與溟涬同科。

李白愛月，那皎潔晶瑩的明月映照出詩人天眞爽朗的襟懷；李白也愛白日，他從太陽終古不息的運行中體認到宇宙的生命，並與自己的人生理想融而爲一。說這是一首抒情詩吧，它分明包含了富有哲理的思索；說這是一首哲理詩吧，它那激越的感情洪流又似乎不是智者的玄想所盡能包容。這是哲理與詩情的匯合和交融，也是詩人精神境界的一次飛揚和昇華。

太陽的晝行夜伏，這本是亙古不變的自然現象，可是這尋常的景象卻激蕩起詩人不尋常的詩情。在這首詩裡，詩人既無意於再現朝陽噴薄而出的壯觀畫面，也無意於描繪麗日當空時金碧輝煌的色彩，卻追尋著太陽運行的軌跡，從天涯直尋到海角，從此刻上溯到終古，終於在眼前展現出一個在空間上廣袤無垠、在時間上綿延不盡的偌大宇宙！白日的運行既是空間的超越，又意味著時間的流駛，它的這種雙重的性質被詩人巧妙地用來作爲認知宇宙的探測器。以此之故，詩裡發出的「六龍所舍」和「人非元氣」這兩問，就並非是詩人格致物理所生的疑竇，而是詩人面對如此宏闊渺遠的宇宙所發的驚喜交加的浩嘆和禮贊。以宇宙之廣大，所以爲日馭車的六龍究竟在何處棲息，竟無從尋覓；以宇宙之綿遠，最初可追溯到天地萬變始生之前（古人認爲元氣爲世界的本原，萬物皆由之派生），則人類雖歷經百世千載，相比之下又安知不同於一瞬！如果說，詩人在面對雄偉的山水景物時，就曾情不自禁地發出「仰觀勢轉雄，壯哉造化功」（〈望廬山瀑布〉之一）的驚嘆，那麼，當他置身於浩瀚的宇宙之中，面對如此的造化神功時，其心靈又如何能不爲之所震懾！何況，這自古以來周轉不已的太陽，又給這寥廓茫遠的宇宙帶來了生命的律動，它躍動著，徜徉著，以永恆的運動發散出活力，給世界帶來了光明，灌注了生氣，這一幅宇宙圖景所具的魅力，該是多麼令人神往！

詩人由驚嘆陷入沉思。這茫茫的宇宙並非渾沌一片：春去秋來的時序轉換，朝榮夕謝的盛衰變化，彷彿都遵循著一定的秩序。然而這秩序卻並不是有誰在那裡冥冥主宰著，用其一己的意志強加於世界的結果。萬物的繁盛與凋殞，時序的更迭和變換，都是自然之母的產物。這無言的「自然」本身，就意味著生命和運動的自由。「草不謝榮」、「木不怨落」兩句，胎出於《莊子》郭象註：「暖焉若陽春之自和，故蒙澤者不謝；淒乎若秋霜之自降，故凋落者不怨。」其實，就是「萬物興歇皆自然」的思想也源出於郭註：「物皆自然，無使物然也」、「物各自生而無所出焉，此天道也。」（〈齊物論〉註）這裡可見詩人所受道家思想的影響。但詩人在前哲的引發下，著重抒寫的卻是追求生命自由的一片熱忱。詩人用先抑後揚的手法，先借古代神話傳說中羲和、魯陽公兩個人物，對他們的反自然的行爲進行了嘲諷和斥責，然後直抒胸臆。羲和在古代傳說中不僅是爲日駕車的御者，而且還是主掌四時運行的職官。然而一身焉能二任，當他想著太陽沉入到虞淵之中時，又如何能履行其執掌四時的職責？詩人用揶揄的口吻對羲和提出了質疑，暗應了前面「誰揮鞭策驅四運」一句。傳說中魯陽公在與韓酣戰時曾援戈揮日，「日爲之返三舍」，詩人對此更是直言揮斥。羲和與魯陽都想以一己的意志凌駕於天道自然之上，隨意支配這萬類競自由的大千世界，無怪乎詩人要指爲「矯誣」，視爲不足信的讕言了。先著此兩筆反撥，最後詩人直白的宣言就顯得分外有力：詩人要和這其大無外、彌漫元氣的宇宙融而爲一，要投入並擁抱這充滿了自由的生命活動的自然。詩人對神奇的大自然的感悟，已經昇華爲一種乘化順時的人生理想了。

中國古代盛行「天人合一」的思想，道家更強調從對大自然的直觀中得到人生的啟示和心靈的契合。李白在他的許多詩篇中，往往在謳歌自然的同時，迸發出反權貴反禮法、擺脫世俗拘束爭取人生自由的強烈的思想傾向。他對「天道」「天運」的思索，實際上是他用來表達他所追求的人生境界的一種獨特方式。這首詩也是如此。它用的是樂府舊題，但漢樂府〈日出入〉抒寫的是人生短暫，企望登遐升仙的苦悶情懷；李白這首詩卻充滿樂觀的自信，他彷彿在這運行有序、洋溢著蓬勃生機的宇宙中發現、領悟了人生的眞諦。全詩用屈伸自如的雜言句式、靈活多變的語吻，活脫地表現出詩人「與萬物爲一」的氣概和襟懷。構想的恢奇、形式的自由和嚮往充分人生的意蘊互爲表裡，透露出人類邁向自由王國的永恆追求。

（**鍾元凱**）

長干行（其一）

妾髮初覆額，折花門前劇。郎騎竹馬來，繞牀弄青梅。同居長干里，兩小無嫌猜。十四為君婦，羞顏未嘗開。低頭向暗壁，千喚不一回。十五始展眉，願同塵與灰。常存抱柱信，豈上望夫臺！十六君遠行，瞿塘灩澦堆。五月不可觸，猿聲天上哀。門前舊行跡，一一生綠苔。苔深不能掃，落葉秋風早。八月蝴蝶來，雙飛西園草。感此傷妾心，坐愁紅顏老。早晚下三巴，預將書報家。相迎不道遠，直至長風沙。

一般都認為，李白的詩如黃河之水，自天而下，激宕千里，入海不回。但李白也有另一種韻調的詩篇，這種詩宛若涓涓清流，回環九曲，而以沉鬱深摯，表達細微縝密的情致為其特點。當然，那種豪放奔騰的詩，體現著李白作為浪漫主義大師的基本特點，而這類細密的詩，則從另一個側面展現了這位詩人的豐富和博大。和杜甫、白居易等偉大詩人情況相同，他們的創作總展現出藝術上的多種才能。

要是拿〈長干行〉和〈蜀道難〉相比，二者的風格迥然異趣。〈蜀道難〉當然屬於長江大河一類，有非凡的氣勢；而〈長干行〉則不啻叮咚作響的山泉，在月下閃著銀色的光亮。前者粗獷，後者柔婉。當我們欣賞了〈蜀道難〉讓人驚心動魄的雄奇險峻，再來吟誦〈長干行〉的深情綿邈，柔腸百折，是別有一番滋味的。

〈長干行〉以女性第一人稱的語氣回顧了女主人公的愛情與婚姻生活，通篇沉浸在對於往事的深沉憶念之中。這可認爲是一「部」僅以三十行一百五十個字（要是不算〈長干行〉其二的話）寫就的一個普通女性的愛情心史。它是這樣一首詩：在別離的淒苦中，一個女子發出了對於愛情的輕輕的嘆息，這是一曲女子思念自己遠遊的夫君的詩篇。它以凝練概括的筆墨，集中生動地寫出了一個普通女子從天眞爛漫到情竇初開、從少女的矜持到婚後的篤誠，以及飽經別離之後的思戀之情的全部心靈的歷史。這份纏綿，這份柔腸百結的細膩，的確讓我們窺見了李白藝術風格除了豪放與豁達之外的另一面。

〈長干行〉是寫相思、寫離愁別恨的。但它採用了十分現實的筆法。因爲思念遠人，不免思及他們交往與結合的難忘的經歷。她一開始就陷入了一個十分甜蜜的往事的沉思之中：「妾髮初覆額，折花門前劇。郎騎竹馬來，繞牀弄青梅。同居長干里，兩小無嫌猜。」妾，是舊時女子的卑稱，——我那時很小，頭髮長得剛剛遮住前額。

我在門前採集野花，你騎著竹馬跑來了，我們倆圍著床玩那青青的梅子。我們是長干里的鄰居，兩顆小小的心靈，天眞爛漫而不避嫌疑。這裡只用了三十個字，展現了一幅童年的純眞友誼的情景。「青梅竹馬，兩小無猜」八個字，已經成爲異性男女童年友情的最凝練的概括。

「十四爲君婦，羞顏未嘗開。低頭向暗壁，千喚不一回。」這裡又有四行二十個字，它宣布了忘情嬉戲的童年的結束。十四歲就當了新婦，猝然開始的婚姻生活，給這個還是少女年齡的女性帶來了充滿羞澀之感的新鮮。「羞顏未嘗開」寫盡了這位新婦的嬌柔嫵媚：她怕在人前露面，俯首向壁，千喚不應，只是背人而立。詩人用「低頭向暗壁，千喚不一回」這十個質樸的文字，對一個特定年齡（十四歲）的新婚女子的內心世界作了準確而又有鮮明特點的概括。一個「低頭」，又一個「千喚」不應，簡潔的動作（而且是「不動」的動作），從靜態的描寫中畫出了她那交織著複雜情緒的、十分不平靜的感情。這是一位藝術大師忠於生活塑造出來的藝術典型。

過了一年，彼此間有了認識與體諒，蹙皺的眉端方才有了舒展，開始了由衷的愛戀。這就是「十五始展眉，願同塵與灰。」在共同的生活中建立了眞摯的愛情——願意塵灰般地和合相依而永不分離。「常存抱柱信，豈上望夫臺！」是從女子此時的心理狀態寫他們愛情的成熟。「抱柱信」是《莊子》裡的一個故事：尾生（人名）與一女子約定相會於橋下，橋下忽然漲水而女子未到。尾生誓守信約，不願離開，結果抱著橋柱淹死。後人因此稱堅守信約為「抱柱信」。這裡仍然是女子的口氣——婚後兩情篤好，常常想的是抱柱殉情之信；但願彼此長久團聚而永不離別，更不敢想到有為禱祝夫君歸來而登上「望夫臺」的一天！

自開篇至「常存抱柱信，豈上望夫臺」之前的文字，是關於往事的回憶，大體勾畫出了從男女愛情種子的初萌到成熟的全部歷程。當它回憶童年的嬉戲，新婚的羞赧，以及婚後的漸趨平淡而彌見堅貞的感情發展過程，基調是歡悅的，情緒也平穩，除了前一大段的結句：「豈上望夫臺」預示了情感激動的前奏之外，並沒有大的波瀾，全篇似乎都沉浸在一種輕鬆抒情的氣氛之中。當然，它的追念往事卻也不全是透明與單純，它業已滲透出一種淒迷的落寞的情緒。這一股思緒彷彿是幾縷飄拂不定的蛛絲，卻隱隱地以不可見的情緒觸角撥動著你的心弦。在這裡，充分顯示了這位抒情詩人對於人們情緒的感受及捕捉的能力是精妙的。

前半首詩創造了一種夢幻般的情調，展現著感情發展的各個階段的線索，它讓人帶著清淡的憂愁，以不無惆悵的心情回味那帶著微苦的甜蜜，悼惜業已失去的不知憂愁的時光。這一部分的筆墨全然是爲了後一部分的主題展開作準備。

「十六君遠行，瞿塘灩澦堆。五月不可觸，猿聲天上哀。」從這裡開始，是以大激蕩的自然景色來映襯大激蕩的內心情感。它把一種悠悠的思念之情放在極其波動的情景中來描寫。婚後第三年，女子十六歲的時候，男人爲謀生而長別離。從此開始了「遠行」的主題。〈長干行〉發生的地理背景是長干里，據《方輿勝覽》：「建康府有長干里，去上元縣五里。」上元治所在今南京市。這位青年女子思念遠人的長干里，係今南京秦淮河一帶地方。她的男人由此遠行而溯瞿塘峽當是沿江西上——由建康而入川的路線。這在古代，是相當遙遠的旅行。而「遠行」的主題就是在這樣一個動人心魄的大場面下展開的——那就是巨浪排空，險仄驚人的瞿塘灩澦堆。瞿塘峽亦名夔峽，在四川奉節縣境，兩崖聳峙，江流其中。灩澦堆爲大礁石，在瞿塘峽口，舟行至此，驚險萬狀。每年五月漲水季節，灩澦堆淹沒水中，船隻易於觸礁，故云「五月不可觸」。

「十六君遠行」之前，寫的是對於往日的回憶；之後，寫的是離愁別緒。爲了寫出這深沉的情愛，一開始就選擇了入川途中的一個自然的險境，藉以映襯女子爲自己丈夫的旅途安全擔驚受怕的心境。接著是「猿聲天上哀」：巫山三峽沿岸，舊日是十分荒涼的所在，時有野猿對空哀鳴。李白就有過「兩岸猿聲啼不住」的名句，不過那首詩裡的猿聲，表達的卻是另一種情緒。在瞿塘峽口的驚濤駭浪過去之後，在沉寂落寞之中，猿聲在遙遙的山頭上發出了悠長的哀啼，這種筆墨，正是為了渲染女主人公那種淒苦的、驚惶不安的心情。驚濤乍過，又是這來自「天上」的猿的哀號，此情此景，人何以堪！

往下八句：「門前舊行跡，一一生綠苔。苔深不能掃，落葉秋風早。八月蝴蝶來，雙飛西園草。感此傷妾心，坐愁紅顏老。」從三峽的動景中猛然收縮，回到了眼前的家園靜景。我們把這首詩喻為深摯情愛的「心曲」，企圖證明詩人完全是按照感情流動的邏輯，譜寫這個內心世界的抒情曲。女主人公的情緒是波動與沉寂交織著的，她的思緒隨著情感的潮水而起伏。開始，她為愛人而設身處地，彷彿伴隨著自己的所愛經歷了三峽的艱難與淒苦。這裡猛然一收，回到了眼前：孑然一身，悵對舊物，門前是他舊日常行的路徑，他留下的足跡上，已經生起了綠苔。對於在寂寞中生活的、心境悲哀的人，那淒厲的秋風彷彿來得格外的早，瑟瑟的秋風早把枯葉吹得滿地都是！而積滿了厚厚青苔的地上，連落葉也掃不動了——秋風，落葉，覆蓋了離人足跡的青苔，這些身外之景都為了極寫心中之情，這當然是淒楚萬端的。陰曆八月，蝴蝶雙飛，嬉戲於西園草叢。這情景，更增添了心中的傷痛，青春年華就這麼一天一天地在思念中成爲過去，女主人公的心情充滿無可言狀的哀愁——「坐愁紅顏老」，「坐愁」猶云深愁。——以上數句，完全是感時觸景而發爲悲情的筆墨。

「早晚下三巴，預將書報家，相迎不道遠，直至長風沙。」——這是〈長干行〉（其一）的結束四句，仍然是女子心靈深處的私語。她只能在這種孤寂淒苦的思緒中遙遙地對著浩浩長江自語自慰——遲早有那麼一天，你從三巴（今四川東部一帶）首途歸來，切盼預先來個書信，我將懷著急切而喜悅的心情，不畏路途遙遠去迎接你。長風沙是舊日地名，在今安徽安慶市東。自南京至安慶，不下數百里，女子決心走這麼長的路途去迎接她的愛人，這說明她是多麼眞誠。

〈長干行〉並沒有展現李白一貫的豪放風格。它的長處不在這裡，它追求的是細膩地表達內心的波動。細膩並不意味著平板和單調，它富有變化。只是這種變化仍然是細微的。全詩可分前後兩半：前半回憶，後半懸想。前半的回憶又有層次，大體爲童年、新婚、婚後三個階段，統一的回憶之中又有鮮明的起伏。後半起於大激宕的場面，顯得不凡。但很快又沉穩下來，復歸於深沉的追憶（「門前舊行跡」、「八月蝴蝶來」），又返回到開始時的那種平靜。但這時表面的平靜卻掩蓋不住情感的風暴：

表面的靜孕含著內在的波動——這種內心情感的富有層次的起伏變化，造成了〈長干行〉耐人尋味的藝術魅力，也體現著這首優秀詩篇的高度藝術成就。（謝　晃）

靜夜思

牀前明月光，疑是地上霜。舉頭望明月，低頭思故鄉。

靜悄悄的秋夜，明亮的月光穿過窗子灑落在床前地面上，一片白皚皚的，簡直像是濃霜。夜深了，詩人尚未入睡，他舉頭賞玩皎潔的秋月，不久即低頭沉思，墜入想念故鄉的愁緒中。短短二十個字，情景交融，描繪了一幅客子秋夜思鄉的鮮明圖景，語淺情深，耐人尋味，無怪它成爲千百年來廣泛傳誦、幾乎家喻戶曉的名篇。

這首詩上兩句所寫情景，讀者很容易認爲是詩人已經上床睡覺、意識有些朦朧時的錯覺。實際恐怕不是那樣。如果詩人已上床，頭平臥枕上，何來下兩句舉頭、低頭的動作呢？疑，可作「似」講，疑是，就是「似是」、「猶如」之意，只是語氣比「似是」更強一些。第二句是說月色濃重、猶如秋霜，是一種誇張性的比喻，並不是表現詩人剎那間的錯覺。李白〈望廬山瀑布〉詩云：「飛流直下三千尺，疑是銀河落九天。」這裡正好和〈靜夜思〉相同，用「疑是」引起誇張的比喻，而並不是寫錯覺。他的另一首〈望廬山瀑布〉有云：「欻如飛電來，隱若白虹起。初驚河漢落。半灑雲天裏。」接連用了三個誇張性比喻，上兩個用了「如」字、「若」字；下兩句也用銀河墜落作比，因變換句法，「如」、「疑」一類字都不用了。這也可作爲旁證。又司空曙〈雲陽館與韓紳卿宿別〉詩有云：「乍見翻疑夢，相悲各問年。」詩中「翻疑夢」也是一種誇張性比喻，形容與故人久別重逢，事出意料，猶如夢境。這使人想起杜甫的〈羌村〉詩句，「夜闌更秉燭，相對如夢寐」，用了「如」字。

夜深人靜時，特別是月華如練、人們不能入睡之際，更是容易思緒紛繁，遐想聯翩，想念故鄉，想念久違的親友等等。我國古詩中歷來就有描寫月夜想念家鄉、親友的傳統。曹丕的〈燕歌行〉寫思婦縈念客遊邊地的夫君，正是「明月皎皎照我牀」的秋夜。略早於李白的張九齡，在其〈望月懷遠〉詩中唱道：「海上生明月，天涯共此時。情人怨遙夜，竟夕起相思。」張若虛的〈春江花月夜〉更是充分展示了春江花月背景下懷人的情景。這幾首詩都是讀者所熟悉的著名篇什。可是，對李白〈靜夜思〉有直接影響的，還是漢代的〈古詩〉和南朝的〈子夜秋歌〉：

明月何皎皎，照我羅牀幃。憂愁不能寐，攬衣起徘徊。客行雖云樂，不如早旋歸。出戶獨彷徨，愁思當告誰？引領還入房，淚下霑裳衣。（〈古詩〉）

秋風入窗裏，羅帳起飄揚。仰頭看明月，寄情千里光。（〈子夜秋歌〉）

前者是〈古詩十九首〉之一，寫遊子思鄉；後者則是南朝樂府無名氏作品，寫女子憶念情人。比照之下，不難看出〈靜夜思〉在選材構思、遣詞造語方面都受到這兩篇詩歌的啟發。〈古詩十九首〉是漢代無名氏〈古詩〉中的傑作，被選入《文選》。南朝樂府又是李白很熟悉的。李白從這兩篇詩獲得啟發進行再創作，是不難理解的。〈古詩〉篇幅較長，寫遊子激烈的思鄉情緒頗爲眞摯，但顯得直率而缺少蘊藉含蓄。〈子夜秋歌〉語簡情深，意境與〈靜夜思〉非常接近；但〈靜夜思〉比月色爲秋霜，寫舉頭、低頭的不同表現，寫景抒情，內容顯得更加豐富曲折。李白這篇絕句，以淺顯而復簡練的語言，表現了旅人思鄉的這個帶有普遍性的主題，它吸收了古詩的營養，但寫得更爲婉曲動人，有「雖說明卻不說盡」（《唐詩別裁集》）之妙，顯示出他卓越的藝術才能。

本篇第一句第三句，不同版本的字句上有些差異。宋代以來的各種《李太白集》和較早的總集郭茂倩《樂府詩集》、洪邁《唐人萬首絕句》等書，第一句都作「牀前看月光」，第三句都作「舉頭望山月」。「看月光」變成「明月光」，見於清人的選本王士禎《唐人萬首絕句選》、沈德潛《唐詩別裁》；以後蘅塘退士《唐詩三百首》，連「望山月」也改成「望明月」了。這種改動為以後的唐詩選本（包括一九四九年後的選本）所遵用。從版本發展過程看，恐怕原貌應是「看月光」、「望山月」。只因清人這幾種選本特別《唐詩三百首》流行廣泛，所以現在大家所熟悉的是「明月光」、「望明月」了。我國過去的一些選本在選錄作品時，對某些詞語做一點小小改動，是屢見不鮮的。李白詩中，山月和故鄉似乎有著特殊的聯繫。他在離開蜀地的旅途中，曾經寫了美麗的〈峨眉山月歌〉絕句。他晚年時，當送別一位蜀地僧人去長安時，又寫了一首〈峨眉山月歌送蜀僧晏入中京〉七古。他愛故鄉，愛峨眉山月。因此，當他在異鄉靜夜看到明月越過某個山頂照射床前時，他想起了峨眉山月，想起了故鄉，是很自然的事情。清人把「看月」、「山月」兩處都改成「明月」，雖然不合原貌，但在藝術上的確勝一籌，這樣改動，使詩歌更含蓄有韻致，更帶有普遍性，為廣大讀者所喜愛和易於接受。何況，如上文所介紹，古代不少詩歌寫靜夜思鄉懷人，也都用「明月」，已經形成一種習慣了。〈靜夜思〉雖然不是一首人民口頭創作，但它在流傳過程中受到改動，這種改動又為群眾所接受，其情況倒有些像口頭創作。我們不贊成現在編選本時再改動古人的詩，但得承認這一效果良好的既成事實。

〈靜夜思〉採用樂府詩體寫，被收入《樂府詩集》的新樂府辭。南朝樂府清商曲辭的吳聲歌曲和西曲歌中，包含著大量民歌，大抵是五言四句的短詩，以樸素自然的語言歌詠男女感情。上舉〈子夜秋歌〉便是其中的一例。李白的一部分詩歌風格深受民歌影響，他的五絕受吳聲歌曲、西曲歌影響尤爲顯著。〈靜夜思〉、〈越女詞〉（五首）、〈巴女詞〉等作是其特出例子。今人劉永濟《唐人絕句精華》評〈靜夜思〉云：「絕去雕采，純出天眞，猶是〈子夜〉民歌本色。」中肯地指出它的語言風格富有南朝民歌風味。它雖是絕句，但不講究平仄和上下句的黏附，也是民歌的一種本色。全詩風格逼近南朝清商樂府小詩，只是不採用〈子夜〉、〈讀曲〉等舊題，而是自製新題，所以被收入新樂府辭。

（王運熙）

子夜吳歌（其三）

長安一片月，萬戶擣衣聲。秋風吹不盡，總是玉關情。
何日平胡虜，良人罷遠征？

吳歌出自江南，東晉南遷，更爲流行。〈子夜歌〉是吳聲歌曲中的一種。《舊唐書・樂志》載：「〈子夜歌〉者，晉曲也。晉有女子名子夜，造此聲，聲過哀苦。」足見此曲本是哀傷的調門；可到了南朝卻變爲歡快的內容。正如《樂府解題》所說：「後人更爲四時行樂之詞，謂之〈子夜四時歌〉」。歌詞的內容多數是寫男女愛戀之情，這或者就是所謂「行樂之詞」。「四時」是指夏春秋冬四個季節。李白這四首〈子夜吳歌〉，是倣〈子夜四時歌〉而作的，四時各詠一首。這首是第三首，即「秋歌」。詩的內容不是寫行樂，而是寫閨思。

盛唐時期，邊塞多事，征夫從征，思婦怨思，詩人創作了大量反映這一社會現實的詩歌，所謂「邊塞詩」也就成了一個詩派出現在詩壇上。李白也用樂府體裁寫了不少邊塞詩。這些樂府詩一反南朝民歌描寫一般愛情的傾向，更多地表現征夫和思婦的相思之情。寫征夫的如〈關山月〉：「明月出天山，蒼茫雲海間。長風幾萬里，吹度玉門關。漢下白登道，胡窺青海灣。由來征戰地，不見有人還。戍客望邊色，思婦多苦顏。高樓當此夜，嘆息未應閑。」就是寫征夫在西北邊陲征戍，望月思鄉。寫思婦的如這首〈子夜吳歌〉，就是寫思婦秋夜擣衣，懷念征夫。如果拿〈關山月〉和這首〈子夜吳歌〉對照著讀，可以體會到，男女分離，遙相呼應。兩地相思，一種情懷。細味詩意，我們甚至可以認為兩詩寫的是同一個月夜。一輪皎潔的秋月高掛在天上，照耀著天山，照耀著長安。男的正登上戍樓，望著邊色，想念著家人；女的在擣練，準備為征夫縫製寒衣。秋風從西方吹來，吹過玉門關，直到長安。征夫因秋風吹度玉門而更勾起思婦之情。然而在西北的征戰之地，古來是很少有人能夠活下來的。漢代班超年老思婦，上書皇帝說「但願生入玉門關」，征夫也擔心能否生入玉門關。何況戰事未了，胡人還時時窺探著青海灣。思婦則因秋風送來寒意，更掛念著玉門關外受寒的征夫，思念之情既急切，擣衣之聲也就隨之急促起來。「不盡」二字雙關著聲〈擣衣聲〉和情〈玉關情〉。征夫正守衛著邊關重鎮，防禦胡虜入侵；思婦的心願是早日平定胡虜，丈夫可以不要再出外遠征。兩詩寫一男一女，一呼一應，密切相關，契合無間，眞可謂雙璧，都是表現邊塞題材的佳作。

歌詞的一個重要特點是既具體又概括，既形象又抽象，一句話：既實又虛，虛實相生。這首〈子夜吳歌〉是一首很典型的歌詞，短小精練，容量極大，之所以能達到這樣的藝術效果，就是因爲採用了虛實相生的寫法。詩中所寫的事物都是具有典型性的「長安一片月」，這不是一般地、具體地寫都城的月夜。這個「月」是具體的，但又是概括的。衆所周知，詩中的月亮，可以從不同的角度構成各種不同的意象。其中作爲觸發兩地相思之情的意象更爲詩人們所普遍運用。寫征夫思婦的邊塞詩，月亮便是不可或缺的意象。王夫之說，「如『長安一片月』，自然是孤棲憶遠之情」（《姜齋詩話》）。這種體會是深刻的。由於月亮能夠勾起憶遠之情，並引起普遍性的聯想，因此這一形象也就帶有抽象化的傾向。「擣衣」同樣如此。本來擣衣在古代是製作寒衣的一個工序，即在裁衣之前先用砧杵把帛或練擣一擣。一般有錢人家穿的衣服都要經過這道工序。即唐詩人于濆〈里中女〉詩所說「貧窗苦機杼，富家鳴杵砧」。南朝詩人謝惠連〈擣衣〉詩就曾寫閨中女子月夜擣紈素的事。詩中說：「紈素既已成，君子行未歸。裁用笥中刀，縫爲萬里衣。」說的是製寒衣寄遠行的「君子」。後來詩中寫擣衣似乎都是爲了寄給遠出征戍的丈夫的。如王勃〈秋夜長〉詩「調砧亂杵思自傷，思自傷，征夫萬里戍他鄉」，李白〈擣衣篇〉「夜擣戎衣向明月，明月高高刻漏長」，王灣〈擣衣篇〉「月華照杵空隨妾，風響傳砧不到君」，就是寫擣衣寄征夫的。擣衣之聲也因此逐漸發展爲表達思婦想念征夫的一種意象，帶有既具體又概括的典型性。詩中的「玉關」也不是一般的具體地名，而是泛指邊關的意象。李白〈王昭君二首〉（其一）云：「漢家秦地月，流影照明妃。一上玉關道，天涯去不歸。」舊註說「漢與匈奴往來之道，大抵從雲中、五原、朔方，明妃之行亦必出此」，因斷言李白詩「一上玉關道」有誤，是「文人之病」。（見清代王琦註《李太白全集》卷四）其實，李白筆下的「玉關」多屬邊關地名的泛稱。如他詩中所謂「從軍玉門道，逐虜金微山」，玉門關在西，金微山在北，相去甚遠，豈能從軍於玉門而逐虜於金微？再如他的「寒山秋浦月，腸斷玉關聲」，「玉關殊未入，少婦莫長嗟」，這些採用虛實相生的手法，使之意象化，詩的意境也就富於典型性，爲讀者留下廣闊的想像餘地，因此有小中見大尺幅千里的藝術效果。簡練、概括、形象，這都體現了這首歌詞的特點。

氣象於小巧中見宏大，情調於纏綿中見悲壯，柔中有剛，剛柔相濟，是這首〈子夜吳歌〉的藝術風格。寫月夜擣衣，在南朝的〈子夜四時歌・秋歌〉中便有了。如：「風清覺時涼，明月天色高。佳人理寒服，萬結砧杵勞。」又如：「白露朝夕生，秋風淒長夜。憶郎須寒服，乘月擣白素。」這兩首擣衣詩寫佳人在秋夜月下擣白練，準備爲丈夫製寒衣。就題材而言，同李白這首詩是很相似的，然而細細體會一下詩的氣象和情調，卻很有區別。南朝〈秋歌〉氣象小而巧，情調淒而清；李白這首秋歌則有別。題材相似，因而其氣象也有小巧的一面，情調也有纏綿的一面，但卻能於小巧中見宏大，於纏綿中見悲壯。思婦擣衣，這畫面並非壯闊，但李白卻在描繪事物形象時開拓了新的意境。寫月說「一片」，這「一片」不是簡單的數量詞，而是寫空間的廣袤性，給人的印象是到處都是月色。寫擣衣說「萬戶」，用數量來誇大擣衣的場面，給人的感覺是滿城都是擣衣之聲。寫秋風說「不盡」，則以時間的綿延性來渲染情景：秋風之吹不盡，使人敏感到寒冬將臨；擣衣聲吹不盡，使人意識到思婦們在搶時間，趕製冬衣；「玉關情」吹不盡，使人體會到思婦想念征夫深長的相思之情。「不盡」二字維繫著景、事、情，並把這三者交織成開闊悲壯的境界。透過事物描寫來開拓意境，還不足以構成悲壯的情調和宏大的氣象，更重要的因素是詩人把豪放的性格和奔放的熱情注入詩的意境之中，從而使氣象宏大，情調悲壯。所謂「風格即人格」，正是在這一點上顯示出來的；另一個重要因素是時代精神的反映。盛唐時代，國力強盛，許多文官武將都爭著奔赴邊庭立功，即所謂「功名只應馬上取」。這種報國立功積極進取的精神就是當時的時代精神。這種精神反映到這首閨思詩中，也能見出盛唐氣象。「何日平胡虜，良人罷遠征？」思婦的情思是纏綿的，感慨是深切的，但不是低沉的、消極的，而是積極的、激昂的。她不是一味地怨，也不是一味地愁，而是期待著平定胡虜，期待著勝利，期待著丈夫立功歸來。思婦的這種積極昂揚的情緒，於纏綿中顯示出悲壯。詩歌藝術的開拓，詩人個性的顯露，時代精神的體現，構成了這首詩優美中見壯美這樣一種剛柔相濟的藝術風格。

總之，這首小詩雖然用的是樂府的舊題，然而在題材方面卻有了新的開拓，表現手法方面體現了歌詞的本色，藝術風格方面也反映出詩人的特性，是李白樂府小詩的精品，所以至今海內外傳誦不衰。

（林東海）

秋浦歌（其十五）

白髮三千丈，緣愁似箇長。不知明鏡裏，何處得秋霜？

〈秋浦歌〉十七首是安史亂前（天寶十三載）太白漫遊至池州，觸物感懷，所寫的一組組詩。那時，唐帝國正處於大亂前夕，安祿山在幽州養精蓄銳，蠢蠢欲動，這是太白探幽燕歸來後，早已瞭如指掌。他曾說：「君王棄北海，掃地借長鯨。」已說明其岌岌可危之勢。與此同時，和西南邊境的南詔的戰爭也沒有結束，就在當年的六月雲南節度使留後李宓擊南詔，全軍覆沒，李宓被殺。帝都長安咸陽一帶正被旱災折磨著。太白在〈書懷贈豐南陵冰〉中說：「雲南五月中，頻喪渡瀘師。毒草殺漢馬，張兵奪秦旗。至今西洱河，流血擁殭屍。……咸陽天下樞，累歲人不足。雖有數斗玉，不如一盤粟。……霜驚壯士髮，淚滿逐臣衣。……」太白自身則「還同月下鵲，三繞未安枝。」（〈贈柳園〉）此時心境的不安與痛苦自然非同尋常。

所以，〈秋浦歌〉十七首中除了少數寫景狀物者外，多是抒寫愁懷的。如第一首中的「秋浦長似秋，蕭條使人愁。正西望長安，下見江水流。遙傳一掬淚，爲我達揚州。」傾訴了憂國的深情。又說「君莫向秋浦，猿聲碎客心。」（其十）長年作客他鄉，生活的潦倒，切身的悲苦也增加了詩人的哀傷心境：「秋浦夜猿愁，黃山堪白頭。青溪非隴水，翻作斷腸流。欲去不得去，薄遊成久遊。何年是歸日？淚雨下孤舟。」（其二）多麼深沉的客愁。伴隨著政治上的失路與窮困：「醉上山公馬，寒歌寧戚牛。空吟白石爛，淚滿黑貂裘。」（其七）「白石爛」與「黑貂裘」是用寧戚、蘇秦在政治上失意落魄的典故。李白引來正是表明自己當時的不幸的處境。在此家、國雙重愁困之中，所寫的〈秋浦歌〉的基調是愁與淚。「兩鬢入秋浦，一朝颯已衰。猿聲催白髮，長短盡成絲。」（其四）彷彿一入秋浦，使他的白髮突然增添，容顏突然衰老，秋浦的猿聲，催白了頭上的長短髮絲。「白髮三千丈」這一首就是〈秋浦歌〉組詩的最高音，感情激越、悲憤，迸發而為震撼人心的呼聲。雖然同是說愁，它不似李清照的「只恐雙溪舴艋舟，載不動許多愁」（〈武陵春〉）那麼淒婉，悲苦。更不似李後主的「剪不斷，理還亂，是離愁，別是一般滋味在心頭」（〈相見歡〉）那麼淒婉、纏綿。它不是平心靜氣的訴說，是再也壓抑不住的、火山爆發一樣的憤怒的狂呼。試設想三千丈白髮的詩人形象吧，那是只見白髮而不見詩人，飄飄然的白髮，障蔽了一切，彌漫無際，都是緣愁而生的白髮。不是憑藉山、水，而是愁容、白髮，兩者已混然一體。本來緣愁而生白髮，白髮亦即愁容，因是果，果也是因。因果的循環往復，不正是人們生活中千百次出現的現象嗎？寫白髮之長，是爲了訴悲愁之深。在大變動的前夜，對一個偉大而敏感的詩人，他有這種感受，當然是眞實的。

前面兩句抒寫愁思已盡，可是後面兩句轉而又問：「不知明鏡裏，何處得秋霜？」似乎明鏡中的秋霜不是自己白髮的反照，自己不是因爲明鏡才看見了「長短盡成絲」，才看見了「白髮三千丈」，那冷冰冰的明鏡似乎和自己沒有關係。這並非明知故問，或者故作遊嬉之筆。因爲這時詩人覺得「愁」和「白髮」，都在自己一體之中，身心雖異而血肉相連，不禁要反問冰冷的明鏡：「何處得秋霜？」也是爲加強前兩句悲愁與白髮相因依的關係。

人們把這首詩看作李白浪漫主義誇張的代表作，忽略了分析它在感情、生活方面的眞實感受，他的現實生活的依據。但是，生活是藝術的源泉，白髮和愁是密切相連的，寫白髮之漫長無際，正所以寫愁思的浩渺無邊。詩人的誇張，是爲了表現他的哀時傷世的激憤情感。如果從天寶末年唐帝國的險象環生的社會危機來看，李白的莽莽悲愁，也正是時代的悲愁。

（**喬象鍾**）

峨眉山月歌

峨眉山月半輪秋，影入平羌江水流。夜發清溪向三峽，思君不見下渝州。

李白雖然並不是出生在蜀中，但因五歲的時候就移居到這裡，所以他是把這裡當作自己的故鄉看待的。蜀中的自然山水引起李白很大的興趣，江油附近的戴天山（大匡山），成都附近的青城山，以及著名的峨眉山，都曾留下他的足跡。特別是峨眉山的險峻和山上的煙霞，使李白驚嘆不已。他在一首題爲〈登峨眉山〉的五言古詩裡說：「蜀國多仙山，峨眉邈難匹。周流試登覽，怪絕安可悉？」可見峨眉山給他留下了多麼深刻的印象！

這首〈峨眉山月歌〉也是寫峨眉山，不過並不是寫山本身，而是寫山上的月亮。月亮哪裡都有，在一般人看來哪裡的月亮都一樣。但是詩人的感覺就不同。杜甫說：「露從今夜白，月是故鄉明。」（〈月夜憶舍弟〉）他覺得故鄉的月最明亮。李白也是這樣，他最喜歡峨眉山的月亮。早年寫了這首〈峨眉山月歌〉，晚年又寫了一首〈峨眉山月歌送蜀僧晏入中京〉，那是公元七五九年，李白死前三年在江夏（今湖北武昌）寫的。有一位四川和尙（蜀僧晏）要去長安，李白寫了這首詩爲他送行。詩裡說：「我在巴東三峽時，西看明月憶峨眉。月出峨眉照滄海，與人萬里長相隨。」從中可以看出李白對峨眉山月懷著多麼深厚的感情。這不僅是對峨眉山月的喜愛，也是對故鄉的眷戀。

頭一句「峨眉山月半輪秋」點出一個「秋」字，說明那是一個秋天的夜晚。「半輪」，說明正是月兒半圓之際。「半輪」就是半圓，但說「峨眉山月半圓秋」，顯然不如說「峨眉山月半輪秋」，因爲「輪」字更有實感，它不僅有圓的形狀，還有動的感覺。它的蘊涵更豐富。把「半輪」和「秋」這兩個詞連起來也很有意思。「半輪」不是修飾形容「秋」字的。「秋」無所謂一輪、半輪。這「半輪」乃是修飾上邊那四個字「峨眉山月」，「秋」是說明當時的季節。正常的句式應當是「半輪山月峨眉秋」，但這樣不合平仄。即使不考慮平仄，也太平常了。李白把「半輪」放在「山月」和「秋」字中間，既修飾了「山月」，似乎又和「秋」發生了關係。因爲七言詩的句式是上四下三，誦讀的時候，習慣地讀成「峨眉山月——半輪秋」。秋當然不能用「半輪」去修飾，但是那「半輪」，作爲秋天景色的一種突出的點綴，卻能造成深遠的意境，把一幅清晰的圖畫呈現在讀者眼前。詩人要說明的重點不在峨眉山已到了秋天，或者從峨眉山樹木的顏色看出了秋天，而是從半輪山月上感覺到秋天的來臨，大家都會有類似的體驗，秋月和夏月是不一樣的。也許因爲空氣的溫度、濕度不同，秋月特別皎潔、明亮。彷彿也帶著幾分涼意。李白正是把這種體驗說了出來。

第二句「影入平羌江水流」，主語是什麼呢？顯然是峨眉山月，是峨眉山月的影子投入平羌江水之中，隨著江水的流動。也在流動著。那個「流」字是指江水的流動，也是指月影的流動。從這句詩看來，平羌江水一定是十分清澈的，否則見不到月影。孟浩然的〈宿建德江〉：「野曠天低樹，江清月近人。」天上的月離人很遠，不會近人。「月近人」的月，是江水中的月，詩人坐在船上。江水又十分清澈，月亮的影子投入江中，詩人覺得它離自己很近，有幾分親近之感。李白這句「影入平羌江水流」，雖然只說了月影隨著平羌江水在流動著，但江水之清澈已在不言之中了。四川樂山市北約二十三公里的岷江上有一段叫嘉州小三峽。北爲犂頭峽，中爲背峨峽，南爲平羌峽。自平羌峽以下至樂山一段江流又名平羌江。

三四句，詩意遞進了一層，地點也改變了。「夜發清溪向三峽」，「清溪」，據《輿地紀勝》是驛名，在嘉州犍爲縣，平羌峽南口東岸。夜裡從清溪出發再向下游走去，當然還會有月亮伴隨著，但那峨眉山月卻見不到了。所以第四句說：「思君不見下渝州」，「君」，您，指峨眉山月。思念著您，卻又見不到您。就這樣，在對峨眉山月的思念之中沿江而下，駛向渝州（今重慶），再經渝州到三峽。這兩句詩讓人感到李白一路之上都在思念著那半輪峨眉的山月，沉浸在山月的美好回憶之中。

王鳳洲曰：「此是太白佳境，二十八字中有峨眉山、平羌江、清溪、三峽、渝州，使後人爲之不勝痕跡矣，可見此老爐錘之妙。」的確，一首七言絕句，四句二十八個字，竟連用了五個地名，如果缺乏藝術的才能，就會寫得枯燥無味，像是一篇地理位置的說明書。可是出自李白筆下，卻是那麼新鮮自然而又動人。這就是因爲李白注入了自己的感情和個性。從平羌江，到清溪、到渝州，到三峽，一路之上他的心中充滿了對峨眉山月的愛。他捨不得離開她，捨不得離開故鄉。在漫長的行程裡，峨眉山月雖然漸漸地不可見了，但在李白的心中，她卻始終清晰地浮現著。

（袁行霈）

懷仙歌

一鶴東飛過滄海，放心散漫知何在？仙人浩歌望我來，應攀玉樹長相待。
堯舜之事不足驚，自餘囂囂直可輕！巨鰲莫載三山去，我欲蓬萊頂上行。

此太白自製新題樂府，用韻及聲調均屬古體，亦不拘對屬；而七言八句，起承轉合，章法嚴整，又顯然受近體影響。題曰懷仙，實爲抒憤，語似平淡而含意深遠。蘇軾論詩有云：「梅止於酸，鹽止於鹹，飲食不可無鹽梅，而其美常在鹹酸之外。」（〈讀黃子思詩集後〉）即所謂「味外之旨」，讀此詩不可不知。

元人蕭士贇解此詩：「鶴自喻，仙比人君，玉樹比爵位。時肅宗即位於靈武，明皇就遜位，時物議有非之者；太白豪俠曠達之士，亦曰法堯禪舜自古有之，何足驚怪，爲是囂囂者不知古今，直可輕也。末句拳拳安史之滅，宗社之安，或者用我乎！身在江湖，心存魏闕，白有云云。」鶴固是自喻，仙比人君、樹比爵位、堯舜比玄宗父子、巨鰲比安史、仙山比宗社云云，則非也。蕭氏解詩，每喜強爲比附以牽合時事，殊不可信。但他對此詩寫作時間的判斷，大體上是對的。竊意此作於辭官以後當無問題，至於在安史之亂前後則難斷定，詩中寓意不可泥於具體史實。

發端二句，很自然地使人聯想起〈行路難〉其一結尾：「長風破浪會有時，直掛雲帆濟滄海。」滄海，北海島名，仙人之所居也（見《海內十洲記》）。辭官之初，由於對現實失望，決心棄世遠遯，去和神仙打交道；豪言壯語，其所表達的卻是深沉的悲感。現在這種悲感更深了一層：想像自己如孤單的仙鶴飛到滄海，卻仍不知何處棲身！放心散漫，猶云自由自在，可安身之所何在呢？知何在猶云不知何在。三、四承上，作強自寬解語：終究會有仙人前來作伴，自應耐心等待。玉樹，仙樹，因爲自比仙鶴，故云攀玉樹，此處並沒有蕭士贇所說的意思。以上四句用仄聲韻，辭情婉約，似有自得之趣，而無所適從的悲哀自在言外。五、六改用平聲韻，轉而抒憤：堯舜這樣賢明的君主其作爲亦不足稱道，其餘囂囂者那就更不值一提了！蕭氏竟將這種俯視千古的豪言解作贊成肅宗即位云云，殊爲可笑。不過，對於這種豪言的眞意，仍舊需要從言外去了解。堯舜之事以及自餘囂囂者，乃概言歷代政治，李白決不會等閒視之，所謂不足驚，直可輕，說穿了，不過是阿Q精神的表現罷了。然而李白的阿Q精神又是很可同情的，他一輩子都念念不忘於政治，以至垂危之年還請纓參軍，但同時對現實政治又深感失望，始終無法施展其抱負，因而才不時地發出這類激憤之語，豪言背後是隱藏著許多辛酸的。此詩最感人還在末兩句。三山，指方丈、瀛洲、蓬萊三仙山，傳說各由三巨鰲負載（見《列子》），由於在現實中沒有出路，只好還是去和神仙打交道，因此央告巨鰲莫載仙山遠去，於是又回到懷仙的主題。然而，首句東飛過滄海已流露出游移，結句蓬萊頂上行就更顯得混茫難求了。五、六情調激越，七、八又變成了一種無可奈何的央告口吻，這在李白實屬少有，所以感人；使人聯想起詩人的生平抱負及其淒涼晚景，於彼了解愈多，於此感受愈深。

李白後期抒情詩，多寄情於酒與仙，其眞意均在抒發對現實的深刻不滿。不同在於，縱酒表示狂放傲世，故其作色重、其情濃郁；懷仙則表示高蹈忘機，故其作色淡，其情蘊藉。前類作品可以〈將進酒〉爲代表，後類作品可以〈懷仙歌〉爲代表。風格有別，卻出自同一個李白。

（裴　斐）

贈汪倫

李白乘舟將欲行，忽聞岸上踏歌聲。桃花潭水深千尺，不及汪倫送我情！

天寶十四載（七五五），李白從秋浦（今安徽貴池）前往涇縣（今屬安徽）遊桃花潭，當地人汪倫常釀美酒款待他。臨走時，汪倫又來送行，李白作了這首詩留別。

詩的前半是敘事。先寫要離去者，繼寫送行者，展示一幅離別的畫面。起句「乘舟」表明是循水道；「將欲行」表明是在輕舟待發之時。這句使我們彷彿見到李白在正要離岸的小船上向人們告別的情景。

送行者是誰呢？次句卻不像首句那樣直敘，而用了曲筆，只說聽見歌聲。一群村人踏地爲節拍，邊走邊唱來送行了。這似出乎李白的意料，所以說「忽聞」而不用「遙聞」。這句詩雖說得比較含蓄，只聞其聲，不見其人，但人已呼之欲出。

詩的後半是抒情。第三句遙接起句，進一步說明放船地點在桃花潭。「深千尺」既描繪了潭的特點，又爲結句預伏一筆。

桃花潭水是那樣的深湛，更觸動了離人的情懷，難忘汪倫的深情厚意，水深情深自然地聯繫起來。結句迸出「不及汪倫送我情」，以比物手法形象地表達了眞摯純潔的深情。潭水已「深千尺」，那麼汪倫送李白的情誼更有多少深呢？耐人尋味。清沈德潛很欣賞這一句，他說：「若說汪倫之情比於潭水千尺，便是凡語。妙境只在一轉換間。」（《唐詩別裁》）顯然，妙就妙在「不及」二字，好就好在不用比喻而採用比物手法，變無形的情誼爲生動的形象，空靈而有餘味，自然而又情眞。

這首小詩，深爲後人讚賞，「桃花潭水」就成爲後人抒寫別情的常用語。由於這首詩，使桃花潭一帶留下許多優美的傳說和供旅遊訪問的遺跡，如東岸題有「踏歌古岸」門額的踏歌岸閣，西岸彩虹罔石壁下的釣隱臺等等。

（宛敏灝　宛新彬）

聞王昌齡左遷龍標遙有此寄

楊花落盡子規啼，聞道龍標過五溪。我寄愁心與明月，隨風直到夜郎西。

李白一生任俠尚義，足跡遍神州，聲名滿天下，廣交高朋雅士，寫了大量的贈答佳作，歌唱朋輩間的眞摯友情。這種友情正是建立在「人生貴相知，何用金與錢」（〈贈友人〉三首其二）的道義基礎上的。

李白與王昌齡的七言絕句堪稱唐人小詩的冠冕。從這個意義來說，兩人可謂「大匠同時並出」。他們又是神交，友情的純眞自不待言。〈聞王昌齡左遷龍標遙有此寄〉一詩，就是李白爲王昌齡而作的。

王昌齡的仕途屢經挫折，開元二十七年（七三九）貶放嶺南，天寶元年（七四二）謫遷江寧（今江蘇省南京市）丞，天寶七年（七四八）再貶龍標（今湖南省黔陽縣）尉。據《新唐書·文藝傳》載，王昌齡這次左遷（古時尊右卑左，故稱貶官爲「左遷」）是因爲「不護細行」，即生活小節失於檢點。《唐詩箋註》卷八載有王牧邨的話：「本傳言少伯（王昌齡字少伯）『不護細行』，或有所爲而云。」究竟

「所為」指的是什麼，已難考察，可能是欲加之罪，極言之，也不算什麼大問題。王昌齡在〈芙蓉樓送辛漸〉一詩中，就曾巧用鮑照〈白頭吟〉的妙喻——「一片冰心在玉壺」以言心志，表明自身光明磊落、廉正高潔的操守。

李白在東南地區漫遊期間，得悉王昌齡這次的不幸遭遇，深表同情和關切，當即寫了此詩，遙寄給他，以帶去一點慰藉，分擔他的愁苦，從中可見李白的俠腸和肝膽。

詩篇的前兩句「楊花落盡子規啼，聞道龍標過五溪。」

前句寫景。楊花，如同浮萍，是漂泊無依的形象，「無情有思」的楊花，在愁人眼中，「點點是離人淚」（蘇軾〈水龍吟〉）；子規，即杜鵑，又名杜宇，啼聲哀切，所謂「杜宇聲聲不忍聞」（宋人李重元〈憶王孫〉）。詩人所以在繁花雜樹中獨取楊花，在諸多禽鳥中特選子規，不僅因為它們能點明時令是在暮春，以切合當時情事（王昌齡是在天寶六年秋聞貶謫龍標之命，於翌年春抵達貶所的），還由於它們可以烘托淒涼悲惋的氛圍，以寄寓詩人嘆飄零、感離恨的特定心境。「楊花」一句眞是融情入景、景中見情的佳句。

次句由寫景轉入言事，正扣題面「聞王昌齡左遷龍標」的字樣。「聞道」，聽說，可想見詩人得知摯友被貶時的驚愕痛惜之情。「龍標」，這裡當指地名，而非指王昌齡。王昌齡固然時稱王龍標（唐時有以任所代人稱的風習），那是他貶任龍標尉以後才有的稱謂，李白不會在他剛剛左遷或赴任途中便以貶所之名呼之。所謂「龍標過五溪」是說龍標那個地方還要過了五溪才能到達。足見貶地的荒涼遙遠和王昌齡行路所遇的艱難險阻。唐時是以貶地距離京城長安的遠近來衡量貶官罪責輕重的。王昌齡只因「不護細行」，竟然被遣放到比五溪更遠的沅水之濱，也可得見當時世道的不公。五溪，指西溪、辰溪、巫溪、武溪和沅溪（《通典》），或謂雄溪、樠溪、酉溪、武溪、辰溪（《水經註》）。兩說雖不盡相同，但其地均指今湘西一帶，故無傷對詩作的理解。

兩句詩，意雖悲痛，但不遣悲痛之語，而是令人玩詠得之。正如白居易所云：「說喜不得言喜，說怨不得言怨。」（轉引自宋人張戒《歲寒堂詩話》卷上）這也正是形象思維的一種特點和詩貴含蓄的一個原則。

詩篇的後兩句：「我寄愁心與明月，隨風直到夜郎西。」再扣詩題中的「遙有此寄」四字，從而全面坐實了題意。元代韋居安《梅磵詩話》卷上說：「絕句括盡題意方佳。」此詩正是這樣。這兩句又由寫景言事轉爲抒情寄慨。意思是：將我的同情和懷念之心託付給多情的明月，隨風一直到達你的貶所吧！此詩或係夜中所作，故有「寄愁心與明月」這種即景抒情之語。愁心者，當然是從友人被貶龍標而生。又，末句一作「隨君直到夜郎西」，則王昌齡應在拜命途中，詩句不言寬慰，寬解之意自明。夜郎，當在今湖南省沅陵縣境，龍標在其西南方向，而非指在今貴州省桐梓縣的夜郎。清人劉獻庭《廣陽雜記》：「王昌齡為龍標尉。龍標即今沅州也，又有古夜郎縣，故有『夜郎西』之句。若以夜郎為漢夜郎王地者，則相去甚遠，不可解矣。」

託月寄情的詩意，李白以前的詩賦中多有出現。如南朝樂府〈子夜四時歌・秋歌〉：「仰頭看明月，寄情千里光。」劉宋謝莊〈月賦〉：「美人邁兮音塵闕，隔千里兮共明月。」梁朱超〈舟中望月〉：「唯餘故樓月，遠近必隨人。」唐張若虛〈春江花月夜〉：「此時相望不相聞，願逐月華流照君。」宋蘇軾〈水調歌頭〉：「但願人長久，千里共嬋娟。」李白這兩句詩，語意尤為深厚，表明唯有同時光照兩地的中天明月，深知此時詩人無告的愁思和心曲，那就請這位多情而好心的知己代向相隔萬里的遷謫者表述吧！

在我國古典詩詞中，詩人抒情言志時，有時把主觀的意念和感受賦予客觀事物，彷彿客觀事物同樣具有人的感情和性靈，並與作者在感情方面是交流的、共鳴的。如

「多情只有春庭月，猶爲離人照落花」（唐張泌〈寄人〉），「蠟燭有心還惜別，替人垂淚到天明」（唐杜牧〈贈別〉）之類。這種人格化的修辭方式如果運用得好，會有助於加強作者深厚感情的表達，使詩味更加醇厚。李白〈聞王昌齡左遷龍標遙有此寄〉一詩便是精彩的範例。

（李如鸞）

廬山謠寄盧侍御虛舟

我本楚狂人，鳳歌笑孔丘。手持綠玉杖，朝別黃鶴樓。五嶽尋仙不辭遠，一生好入名山遊。廬山秀出南斗旁，屏風九疊雲錦張，影落明湖青黛光。金闕前開二峯長，銀河倒掛三石梁。香爐瀑布遙相望，迴崖沓嶂凌蒼蒼。翠影紅霞映朝日，鳥飛不到吳天長。登高壯觀天地間，大江茫茫去不還。黃雲萬里動風色，白波九道流雪山。好爲廬山謠，興因廬山發。閑窺石鏡清我心，謝公行處蒼苔沒。早服還丹世無情，琴心三疊道心成。遙見仙人彩雲裏，手把芙蓉朝玉京。先期汗漫九垓上，願接盧敖遊太清。

這是一首抒情詩，抒隱逸者遺世之情；又是一首山水詩，寫江山雄奇之美。正如詩人在詩中所寫：「好爲廬山謠，興因廬山發。」描寫廬山是這首詩的主旨。盧侍御，名虛舟，是至德以後被授爲侍御史的。這時李白正隱居廬山屏風疊。盧有〈通塘曲〉，誇寫廬山的美好，李白以詩相和：「君誇廬山好，通塘勝耶溪。通塘在何處？遠在尋陽西。青蘿嫋嫋拂煙樹，白鷴處處聚沙堤。……」（〈和盧侍御《通塘曲》〉）通塘雖好，尙不及廬山。李白在〈廬山謠寄盧侍御虛舟〉一詩中，是從更高更廣的角度來描繪廬山的美境。

前六句爲太白自述，把自己比作楚狂接輿，見當今政治之不可爲，便不去枉費心力。春秋時楚國的陸通（字接輿），佯狂不仕。並且向孔子唱「鳳兮，鳳兮……」的歌，諷諭孔子，認爲孔手那樣悽悽遑遑以從政，是不可能有什麼好結果。這和他在〈贈王判官時余隱居廬山屛風疊〉詩中所說：「吾非濟代人，且隱屛風疊」的思想是一致的。「五嶽」兩句則是對自己一生尋訪名山勝景的生涯的概括。然後進入了主題對廬山的描繪。

李白早年曾寫過廬山瀑布詩，使他飮譽天下。但是他還沒有從整體上、從多種角度來寫廬山的秀美。「不識廬山眞面目，祇緣身在此山中。」（蘇軾〈題西林壁〉）要來賞識廬山的秀美，須立身於廬山之外。「廬山秀出南斗旁，屛風九疊雲錦張，影落明湖青黛光」這三句所採取的角度正是處於從廬山之南的鄱陽湖上來凝望的。廬山在星子縣之西，故曰「秀出南斗旁」。在鄱陽湖上，才可能看見廬山秀麗的輪廓，在進一步凝視中，又可以看見山中影影綽綽嵯峨的山嶺，錯綜的峰巒，不只形勢、姿態各異，而且顏色濃淡不同，像屛風似地向空開張。而廬山的倒影映入鄱陽湖中，則是一個沉沉的黛色的閃動的影子。同是一個廬山，呈現著兩種美的景色：向空是一扇錦屏，多彩多麗；向下，是明湖中閃灼的倒影。既是靜態的，又是動態的，都可以讓你追索、尋味。

如果說黃山以雲海爲人所稱賞，廬山則以瀑布令人贊嘆。而在廬山衆多的瀑布之中，尤以開先、三疊、香爐峰的瀑布令人神往。「金闕」三句正是寫廬山的瀑布。開先瀑布從兩峰間瀉出，如巨靈開山而來；三疊泉的水聲如雷震耳，三疊而後下落，向稱宏偉博大；香爐峰的瀑布，上端有紫氣氤氳，如煙似雲，瀑布如簾似練，自高空落下，太白早有「疑是銀河落九天」之句，寫盡其神奇之勢。這裡只是把三種不同美的瀑布拈出，足以代表廬山多少瀑布的景觀。三句雖不曾細寫三個瀑布，但也各點出其不同特徵。如開先瀑，即以「雙峰」、「金闕」爲特點。

「迴崖」三句是把廬山置於朝霞之前來描繪。層峰聳翠，影落明湖。「翠」、「紅」本是強烈的對比色，長天、飛鳥又以無限大的境界與微小的飛鳥對舉，造物者既爲人間安排了這些絕妙的景色，「非有老筆，清壯何窮。」這是李白法書《上陽臺》帖中的話，只有他以彩筆再現出來。最後四句乃是詩人站立在廬山的高峰所見，把廬山放在大地長河之際來看，從更高更廣的角度來寫江山之美。長江於此九派匯流，長空萬里，風雲變幻，又是一個宏觀世界。描繪廬山自然美的詩句至此結束。

詩人攝取廬山的鏡頭忽近忽遠，忽高忽低，角度也在變化著。他用的色彩是非常濃郁的：「青黛」、「金」、「銀」、「蒼」、「翠」、「紅」、「黃」、「白」、「雪山」、「蒼苔」、「彩雲」，詩人雖非丹青聖手，而這首濃墨重彩的詩，豈不是懸掛在天地之間的彩繪？

最後一段又是詩人浪漫主義的自我抒發，頗有遊仙意味。每遇勝境，太白常懷謝公。夢遊天姥是如此，在廬山亦復如此。廬山上謝公遺跡已爲蒼苔所蔽沒了，只有謝公曾經照過的石鏡（謝靈運〈入彭蠡湖口〉：「攀崖照石鏡，萬感盈朝昏」）仍然使人心神澄清。撫今思昔，便感到人生的短暫，世情的煩累。轉而欲服食求長生，以擺脫塵累。晉人葛洪在所著《抱朴子・金丹》篇中說如果每天服一調羹（刀圭）還丹，一百天即可成仙。又如果反覆誦讀《黃庭內景經》（別名曰《琴心文》）也可得道。這些得道、升仙的訣竅使詩人興奮起來，甚至想入非非。彷彿遠遠看見仙人手持芙蓉，站在彩雲裡，正往元始天尊所居住的玉京去朝拜呢。眞可以和那個怪物汗漫相約，接了盧敖往最高的高空一遊。

詩的開端處的自敘和尾聲的遊仙，寫法雖不相同，而對政治的淡漠情緒則是一致的，這是安史之亂初期李白思想的實際情況。

這首詩的客觀寫景眞實、生動，是寫實的手法，主觀抒發則是浪漫主義的，末兩句約盧敖作九垓之遊，是切盧侍御，也是娛樂盧侍御，難道他會想到自己眞能騰空而起？

（喬象鍾）

夢遊天姥吟留別

海客談瀛洲，煙濤微茫信難求。越人語天姥，雲霞明滅或可覩。天姥連天向天橫，勢拔五嶽掩赤城。天臺四萬八千丈，對此欲倒東南傾。我欲因之夢吳越，一夜飛度鏡湖月。湖月照我影，送我至剡溪。謝公宿處今尚在，淥水蕩漾清猿啼。腳著謝公屐，身登青雲梯。半壁見海日，空中聞天雞。千巖萬轉路不定，迷花倚石忽已暝。熊咆龍吟殷巖泉，慄深林兮驚層巔。雲青青兮欲雨，水澹澹兮生煙。列缺霹靂，邱巒崩摧。洞天石扉，訇然中開。青冥浩蕩不見底，日月照耀金銀臺。霓為衣兮風為馬，雲之君兮紛紛而來下。虎鼓瑟兮鸞回車，仙之人兮列如麻。忽魂悸以魄動，怳驚起而長嗟。惟覺時之枕席，失向來之煙霞。世間行樂亦如此，古來萬事東流水。別君去兮何時還，且放白鹿青崖間，須行即騎訪名山。安能摧眉折腰事權貴，使我不得開心顏！

〈夢遊天姥吟留別〉又名〈別東魯諸公〉，寫成於唐玄宗天寶四載（七四五）。天寶三載（七四四）李白在唐都長安受權貴們的排擠，被放出京。第二年，李白將由東魯南遊越中，這首詩是行前書贈友人的。全詩託以夢幻，設以虛境，用夢遊天姥的浪漫主義的奇特想像，寄以情懷，向山東諸公申明心跡。

全詩可分爲入夢、夢遊、驚夢三個部分。

一開篇，詩人出以對句，故意推宕一筆，以神山的不可覓求，反襯出天姥之分明可睹，點示題旨。接著，進入對天姥的刻畫。詩人寫其山之壯闊：「連天向天橫」，拔地聳天，大有橫空出世之概。再用對比手法，盛誇氣勢超拔於著名的五嶽，蓋過山峰連綿的赤城。這樣對比猶覺不足以顯示天姥的峻高和氣勢。「天臺四萬八千丈，對此欲倒東南傾」，巍峨的天臺山跟天姥比，也相形見絀。這一來，水漲船高，不明言天姥之高，而其高自出；不直說其勢，而遮天蔽日、橫雲割霧的氣勢又自可想見，使之更爲顯著和突出。正因爲天姥高峻無比，氣勢壯偉，詩人不禁心動神馳，浮想翩然。「我欲因之夢吳越」的「因」交代了「夢」的緣起，由聆聽「越人語」而神思騰越，想像張開彩翼翱翔於九天之上，於是當年「仗劍去國，辭親遠遊」（〈上安州裴長史書〉），浪跡吳越的山水見聞便再次顯現腦際。這樣，此番的夢遊不僅有現實的觸發，而且有往昔的基礎，因而奇特的浪漫主義想像就深深地植根在歷史和現實的土壤之中。夢遊的念頭的萌發廓開了下文，使詩人的感情形成波瀾，詩篇的境界得到開拓，把讀者引向一重新的形象天地，逗起人們和詩人一起暢遊的濃郁興味。

詩人「一夜飛度鏡湖月」，進入全詩的第二部分也是主體部分。著一「飛」字，摹擬超神入化，足見「度」得何等迅速，詩人對吳越的神往是多麼急切。趁著皎潔的月色，掠過滿湖的湖水，意氣飛揚，託出情懷。「夜」、「月」的入句，既環扣了題目的「夢」字，又使詩的境界彌漫出清麗的氛圍。詩人駕長風，披一身月光，飛過鏡湖，抵達剡溪這東晉名詩人謝靈運投宿的處所。乍到剡溪，觸目的是淥水蕩漾，接耳的是清猿長啼，雅境滿眼襯出詩人的雅興滿懷。詩人不及洗刷一身風塵，馬上「腳著謝公屐，身登青雲梯」。「著」「登」動作聯屬，寫出詩人迫不及待地拾級爬山的輕捷情態。當他卓立山巔，青雲白霧彷彿纏繞在腰間，他縱目東眺，遙望到一輪紅日從海浪中跳波湧出，耳聽到報曉天雞引頸啼鳴。這幅異景兼聲兼色，壯闊雄奇。天姥蒼鬱，朝陽如染，海波湛藍，畫面的色彩壯麗而協調。至此，夢遊的時間從月夜推到拂曉，夢遊的行爲從飛渡進入登臨，夢遊的境界由秀美而及壯美，夢遊的情懷由急切而成豪放，一切緣「夢遊」的意脈而來。此山此水入胸懷，此畫此景入詩來，這位謫仙詩人此時此刻心胸是何等開闊、暢朗！隨著詩境的按步換形，詩人的幻想色彩益見濃郁。接寫晨曦微露到薄暮入暝的一天飽遊。這一天，詩人該見過多少奇景異物，但他只以一筆拎出：「千巖萬轉路不定，迷花倚石忽已暝。」天姥山上，秀色撲面，層巒聳翠，回環奇絕。詩人往來山陰道上，目不暇接；留連嶽石之間，迷途失津，突然之間才覺得晨昏變易，夜幕降臨。這一句雖是概述文字，未曾盡寫千巖萬嶺、山花爛漫的細緻風光，但是，一個「忽」字，可見他已醉情山水，戀意花木，樂而忘返，不知「暝」之將至矣。這是從主觀感受上下筆的。這一句既總括一天的遊程，又為下面寫傍晚所見拓開了筆路。在曙色籠罩的天姥山上，飛瀑巖泉發出轟鳴巨響，猶如熊在吼叫，龍在長吟，使人髮寒齒冷，毛骨竦然。再加之森森萬樹，樹瀑怒鳴，連綿山峰，神峙鬼立，更為之增添了恐懼氛圍、戰慄色彩。不唯於此，天地萬物在入暮後都發生了急劇變化：「雲青青兮欲雨，水澹澹兮生煙。」雲頭低垂，水面蒸煙，眼看滂沱大雨即將來臨。何處避雨，哪裡投宿，詩人不禁精移神駭！這裡的境界、情調、景象自與上面判然有別、意趣迥異。正當詩人手足失措之際，猛然間，「列缺霹靂，邱巒崩摧。」兩句來得突兀，也使畫面的轉換來得迅速，一道閃電驟然掠過貫耳的天雷跟著炸響、「邱巒崩摧」是寫情景，也是誇張霹靂的威力。就是這聲霹靂打破了適才的陰森氣氛，打開了另一重境界，把幻想托上了高峰，想像的彩翼振翮直上。「訇然中開」的「訇然」，摹以巨響，使畫面有巨音翻過，令人魂顫魄動。這在詩的氣勢上，湧起由低徊向昂奮的波瀾；在詩的境界上，形成晦深到瑰偉的變化。眩惑心目的景象紛呈於讀者眼前，詩人來到了神仙世界。青色的蒼穹，清澈透明，一望無涯；日月光耀，樓閣嵯峨，流金溢彩。設置了天風朗朗的仙境，詩人請神仙出場了：「霓為衣兮風為馬，雲之君兮紛紛而來下。虎鼓瑟兮鸞回車，仙之人兮列如麻。」仙人出遊有氣氛上的足夠渲染，一個「下」字從行動上勾畫了他們翩翩出遊的輕盈，從風度上傳送出他們心情的輕快。「如麻」極言其多，「紛紛」則寫其風姿，這裡既有奇麗的形象，又有色彩的描繪，且有舒卷的情域，這是詩人夢遊暢想的最高境界，也是全詩最為飽滿、明朗的藝術畫面。虛擬仙界的俊逸飄忽，實為表明詩人的超凡脫俗，眞乃筆態夭矯，意境俱到。

正當詩人沉浸在仙氣繚繞、變幻莫測的畫面中神志俱忘時，「忽魂悸以魄動」，詩人心悸夢醒，驚坐長嘆。枕席依舊，而煙霞泯滅。詩的境界陡然劇變，詩的情緒急轉直下，由雲蒸霞蔚的遐想進入嚴峻冷峭的現實。詩中兩次出現「忽」，忽者，突然也。前「忽」表示留連山水，心志俱忘；此「忽」是暴露理想和現實的牴牾，個人和環境的尖銳矛盾。由此全詩進入第三部分。詩人夢覺低徊失望之餘唱道：「世間行樂亦如此，古來萬事東流水。別君去兮何時還，且放白鹿青崖間，須行即騎訪名山。

安能摧眉折腰事權貴，使我不得開心顏！」這是全詩的主旨所在。在他看來，天地無窮，萬事不過如遊仙夢幻，還不如騎上白鹿去尋仙訪道，這種宇宙無垠、人生倉促的感慨是李白這首詩的消極面。這是詩人由於事君不合、迭受打擊產生的消極思想。在感嘆造物無情之際，詩人又不屈伏於封建統治者，隨波逐流，他從心底喊出的是高亢響亮的聲音，充溢著火山噴突般的激憤：「安能摧眉折腰事權貴，使我不得開心顏！」這是全詩感情的凝聚點，在詩的結構上是「卒章顯其志」，所顯的是詩人嶙峋直立的傲志，不取悅於世而又不苟合於世的一腔怨憤。

這首詩的思想意義是十分突出的。

李白有著偉遠的政治理想和宏偉的抱負，但是，在世道混濁的歷史環境中，他的理想無法得到實現。上層統治者暴殄天物，驕奢淫逸，對人民實行錙銖盡取的剝削。他們把握權柄，昏庸無能，扼殺賢才。這樣，他們既陷廣大勞動群衆於水深火熱之中，又阻撓像李白一類的知識分子去實現理想抱負。面對上層社會的黑暗，詩人沒有輕易改變自己的理想，犧牲自己的人格，去迎合權貴們的心願，成爲他們的「北門學士」。對黑暗如漆的社會，他奮力抗爭，以明亮的詩篇在墨黑的長空中劃出了眩目的光柱。〈夢遊天姥吟留別〉就是在這種思想指導下發出的理想追求之聲，對權貴們的反抗之音。他把神仙世界當作沒有現實人生中的權貴橫行、饕餮恣睢的理想境界來詠歌和追求。他以傲然卓立的姿態出現在當時文壇上。因而，他在這首詩中表現出來的理想和熱情，不僅僅是屬於個人的，而且有其強烈的社會意義。他和上層統治集團的決裂是勇敢的、澈底的，具有無畏的氣概。他那響亮的呼聲代表了當時進步知識分子的要求，直抒出他們的心聲；他那豪放俊逸的品格成了當時進步知識分子思想品格的集中體現和概括。同時，他對黑暗世界的揭露和批判，也使我們認識到唐王朝的種種腐敗和罪惡。因而，這首夢遊詩具有強烈的歷史進步性。以其特有的積極浪漫主義精神在唐代詩壇上獨標異幟。

另一方面，我們又看到當他鬱結孤憤、難以奮飛之時，只是想浪跡江湖，求仙訪道，道家憤世嫉俗、歸返自然的思想就鳴響在他的詩歌琴弦上。這是消極面，但跟他決不向權貴們摧眉折腰的反抗精神相比，又是居於次要地位的。

這首詩藝術上的成就是異常顯著的。集中到一點就是浪漫主義的藝術風格。

詩人以現實作爲衝飛騰越的立腳點，從現實去入夢，去暢遊，但是大夢一醒，又回到現實慘淡的人生。顯然，他的浪漫主義是非現實的，但又不是避離人世的荒誕，而是緊緊聯繫著現實的。然而，他的理想又經過藝術的加工，經過充分的發揮，這種業經巨大發揮的理想就更顯得超邁豪縱，所包含的思想意義就更爲深邃。所以，經過夢遊回到人世的不願摧眉折腰的思想也就更有震懾人心的力量。

由於詩人採用超現實的形式來表達積極浪漫主義的精神，因而，能調動衆多的藝術手法來表現自己的情志。

美妙的意境，奇特的想像。李白多方面地借用奇特的誇張，繽紛的想像，使這首詩變幻多姿。飄忽鏡湖，月光臨照，碧波漣漪，見其秀色；拾級登山，天雞啼晨，海浪湧日，見其壯美；暮色迷茫，飛湍瀑流，驚雷急炸，見其森凜；飛閣流丹，樓臺噴彩，神仙出遊，見其瑰麗。每幅畫面都有規定的意境、色彩和具體鮮明的形象，一系列富於美學意義的神話、自然的形象天衣無縫地網織在一起。各幅畫面之間既有氣氛色彩上的對比、調節，顯得不澀不滯，又在整體上交融成壯秀得兼的形象領域，這就是詩的圖畫美和藝術感染力。

深入披露出感情的波瀾起伏。炬照全詩的感情火把是篇末結韻，這根感情的彩線串接首尾，得到輾轉生發，神話和生活形象隨著感情的波瀾起伏，跳脫而出，藝術畫面之間雖然瞬息萬變，坐馳萬象，但是由於有著感情的穩固聯繫，就不顯得支碎，而顯得完整。而從畫面的迅速轉換中，我們又分明窺見到詩人感情潮水的激蕩。如果我們顧及李太白全集，就會發覺迅速表現詩人感情波瀾是李白詩的一貫特色。他的〈行路難〉（其一）等詩就是如此。

生動、明淨、自如的藝術語言。「清水出芙蓉，天然去雕飾」（〈贈江夏韋太守良宰〉），概括了李白詩歌語言的特色。這首夢遊詩也是如此。他的詩語不是靠苦吟、雕琢、堆砌而成的，乃是直接從生活形象中提煉而成的，例如「對此欲倒東南傾」，「安能摧眉折腰事權貴，使我不得開心顏」，明白自如。但明白自如，又不是淡若涼水，味同嚼蠟，而是有豐富的形象力和表現力，寓豪放於自然，寄深刻於淺顯，圓活通暢，音韻瀏亮，一掃六朝以來的綺靡詩風。

體裁運用上的大膽突破。李白在這首詩中突破了一般留別詩的陳規舊俗，表明了詩人衝破舊形式的勇敢精神，詩中無一字吟「別」意，而是借「別」抒懷，另有寄託。李白擅歌行體，這是因爲這種詩體不拘一格，不受嚴格控制，適於馳騁情懷。這首夢遊詩以七言爲主軸，錯以其他長短句式，參差多變，渾然一體，忽剛忽柔，或縱或斂，於波瀾起伏之中，益見其不同凡響的氣概和逸興壯思的豪放。

李白在這首詩中表現出的藝術成就主要取決於他的生活實踐，同時也與吸取前代精華和繼承民歌傳統分不開。李白對屈原十分崇拜，稱說「屈平詞賦懸日月」（〈江上吟〉）。這固然有其思想的繼承性，也有其藝術的繼承性。他在本詩中寫的「霓爲衣兮風爲馬，雲之君兮紛紛而來下」等就全用屈賦的句法。他又善於學習民歌中富有表現力的語言和有生命力的形式，在學習的基礎上又加以藝術的冶鑄、這當然會在中國詩壇上自成一家了。

（吳功正）

金陵酒肆留別

風吹柳花滿店香，吳姬壓酒勸客嘗，金陵子弟來相送，欲行不行各盡觴。請君試問東流水，別意與之誰短長。

留別，是留詩告別的意思。留別的場所是金陵酒店，題目已經標明，似乎不必再寫了。但那是文，不是詩。試讀第一句，分明仍是寫那個酒店，卻多麼富於詩情畫意。當然，詩不同於畫，那畫面，要透過讀者的想像和聯想去創造，關鍵在於詩人是否提供了引發讀者想像和聯想的充分條件。「風吹柳花滿店香」，這是寫店內，但你難道不會因此而想到店外嗎？楊柳含煙，綠遍十里長堤，楊花柳絮，隨著駘蕩的春風，漫天飛舞，有一些，直飛到這個酒店裡，送來春天的芳香，令人陶醉。有人挑剔道：「柳花不可言香。」辯解者說：《唐書．南蠻傳》裡明說訶陵國以柳花椰子釀酒，這裡的柳花，就是柳花酒，當然是香的。其實，這都有點兒隔靴搔癢。詩人在第二句裡才說「酒」，第一句裡的「柳花」即是柳絮，何必懷疑。時當暮春，地屬江南，店外自然是「雜花生樹」的芳菲世界。春風吹入店內，在送來柳絮的同時也送來花香，一個「香」，把店內和店外連成一片，從而烘托出醉人的氛圍，這是第一層。第二，這「香」字又和第二句的「酒」字密切相關。「吳姬壓酒勸客嘗」，只用七個字，就把那個吳姬寫活了。她一見客人進店，就趕忙壓榨新酒，又把壓出的新酒捧過來，笑咪咪地說：「快嘗嘗，這酒眞香！」這期間，那新酒已經香氣四溢，與風吹柳花帶來的芳香融爲一體，渾然莫辨。兩句詩，展現了如此美好的境界，令人迷戀。而這，正是爲下文抒發惜別之情作鋪墊。所謂以樂景寫哀，一倍增其悲哀。

第三句突轉。金陵子弟一來，店內似乎更加熱鬧了，但他們是來送行的。店外春光明麗，風景宜人；店內新酒初熟，吳姬殷勤好客；金陵子弟又紛紛來送，意厚情深。這眞可以說是「四美具，二難並」，怎忍捨此遠行呢？惜別之情，於是油然而生，從而引出了以下三句。

「欲行不行各盡觴」一句，有人做了這樣的解釋：「欲行的詩人固陶然欲醉，而不行的相送者也各盡觴。」這似乎不合原意。「欲行」而又「不行」，正表現了詩人不得不行而又無限依戀的矛盾心理。詩人不忍遠行，相送者又何嘗希望他馬上就走，於是出現了「各盡觴」的場面。這裡的「各盡觴」，當然不是彼此只乾一杯。而是繼續勸酒，繼續乾杯，甚至當詩人多次起身告別之時，相送者還多次「勸君更盡一杯酒」呢！

前人多認爲「此詩妙在結語」，前面幾句，一般人都作得出。其實，結語固妙，前面幾句，也不能說不精彩。而且，沒有前面的烘托、鋪墊、轉折，結語之妙，又何從顯現，讀完前四句詩，已感到惜別的意緒，浩浩無涯，綿綿不盡。在此基礎上再看結語，就覺得恰從詩中人物的肺腑中流出，一片眞情，略無造作。正因爲這樣，才以情動情，感人肺腑。

當然，結語之妙，還可以從藝術表現上探求。惜別的意緒浩浩無涯，綿綿不盡，但這是抽象的。滾滾東流的江水，浩浩無涯，綿綿不盡，則是看得見，摸得著的。那座金陵酒店，也許正好面對大江；而詩人，也許告別之後即坐江船遠去。當他與送行者「各盡觴」之時，遙望大江，心物交感，於是融別意於江水，給抽象以形象，從而強化了藝術感染力。就這一點而言，李白可能受到前人的啟發。謝朓〈暫使下都夜發新林至京邑贈西府同僚〉中的「大江流日夜，客心悲未央」，陰鏗〈晚出新亭〉中的「大江一浩蕩，離悲足幾重」，正與此同一機杼。李白的創新之處在於：他不用簡單的比喻而出之以詰問。讀「請君試問東流水，別意與之誰短長」兩句，那詰問者的神情，聽衆們的反應，以及展現在遠處的江流、平野，雖然未著一字，卻都視而可見，呼之欲出。劉禹錫「欲問江深淺，應如遠別情」，李後主「問君能有幾多愁，恰似一江春水向東流」，都是從這裡變化出來的。

（霍松林）

黃鶴樓送孟浩然之廣陵

故人西辭黃鶴樓，煙花三月下揚州。孤帆遠影碧空盡，唯見長江天際流。

此詩約作於開元十六年（七二八）。前兩句「故人西辭黃鶴樓，煙花三月下揚州。」落筆生花，誘人注目。「故人」二字，點出送別對象是詩人傾心愛慕的老朋友，親切深摯的友情已溢於言表。「黃鶴樓」是送別的地點，它雄踞江夏（今湖北武昌市）黃鶴鵠上，面臨長江，巍峨挺拔。「煙花三月」是送別的時間，是雲煙迷濛的暮春節季。「揚州」點明故人此行的目的地。孟浩然長李白十二歲。「風流天下聞」，李白稱之爲「孟夫子」，可見其傾慕之意。黃鶴樓之別，孟浩然的心情如何雖不得而知，李白這個二十七歲的青年一定是依依不捨的。孟浩然登舟東下了，李白卻一直佇立在江邊目送著「孤帆遠影碧空盡」，人的輪廓看不清楚了，便凝望孤帆；孤帆愈去愈遠，模模糊糊，影影綽綽，終於縮成一點，消失在藍澄澄的水天交界線上。只是在這個時候，李白高度集中的注意力才開始分散，「唯見長江天際流」，忽然看到滔滔江水緩緩流向天邊水空相接處。結句，境界高遠，氣象流動。「唯見」二字，畫龍點睛，表現了李白的注意力從去帆移向江水的過程。一個人在完全沉浸於他所關注的對象時，無暇顧及周圍的事物。注意力愈集中，注意的範圍就愈小。李白正因全神凝望故人，所以眼前滾滾奔流的長江竟像沒有看見一樣。只是當孤帆消逝於碧空盡處，他才清楚地看到長江天際流的壯偉景象。心理學表明，客觀對象的特點，如果強烈新奇、優美壯麗、對比鮮明、不斷變化，都容易引起人們的無意注意。逐漸縮小而成一個白點的孤帆，與遼闊的蔚藍天空，在形狀、大小、顏色上的對比和差別，可謂鮮明而強烈。長江天際流的壯觀，可謂雄奇瑰瑋。觀察對象的對比與變化，產生一種強大的吸引力，誘發詩人從有意注意向無意注意轉移。從這一心理過程的變化中，我們清楚地感受到，李白佇立江邊，注視故人遠去，其精神是何等集中、專一、持久；可謂達到忘我入定的境地。其友情的深厚、熱忱、眞摯於此也就不言而喻了。王夫之說：「情景名爲二，而實不可離。神於詩者，妙合無垠。」此詩描繪送別景況，沒有一句抒情而又無不句句寓情，情景交融，渾然一體。

此詩運用山水畫筆法寫景，達到神妙境地。全詩形象鮮明，饒富畫意。「孤帆遠影碧空盡，唯見長江天際流」，可說是一幅壯麗的長江曠遠景色圖。從透視的角度看，孤帆遠影消失在水空交界處，視線交點遠在天際，可見視線長，視點高。詩人從矗立在江岸的黃鶴樓上極目眺望，才能於碧空盡頭、看到「長江天際流」這樣開闊曠遠的景象。這裡，山水畫境與送別詩意融會貫通，渾然天成，倍增藝術魅力。長江形象的壯美瑰瑋，鮮明地襯托出李白友情的純潔篤厚。自然美與人情美交互輝映、相得益彰，給人以強烈的審美感受。

此詩調子輕快，音節流暢，氣勢軒昂，境界開朗，煥發著一種蓬勃朝氣與青春活力，充分顯示了青年時代李白的個性特色。

（何國治）

渡荊門送別

渡遠荊門外，來從楚國遊。山隨平野盡，江入大荒流。月下飛天鏡，雲生結海樓。仍憐故鄉水，萬里送行舟。

李白在他的〈上安州裴長史書〉中曾以昂揚的情緒、感奮的筆調說到自己青年時期「仗劍去國，辭親遠遊」的經歷。這首五律，就是李白初次離開從小生活的蜀地（現在的四川省）到楚國（現在的湖北、湖南一帶）遊歷，行至荊門外贈給送別的友人之作。李白時年二十六歲。

詩一開頭，就以明快的手法點明了此行的行程：「渡遠荊門外，來從楚國遊。」「渡遠」，是乘船遠行。「荊門」即荊門山，在現在的湖北省宜都縣西北長江南岸，與北岸虎牙山相對，上合下開，形勢險要。荊門山以東，地勢平坦，蜀中諸山，到這裡便不復見了。故陳子昂〈渡荊門望楚〉有「巴國山川盡，荊門煙霧開」的詩句。此行的起點、途中已經到達的地方以及將要前往的目的地，以至乘坐的交通工具和此行的目的，都盡包含在這兩句詩之中。

起句「渡遠荊門外」的「荊門外」，又是詩人緊扣題目、縱意揮毫的所在。因而中間兩聯就順勢寫出「荊門外」的自然景象來。頷聯是「山隨平野盡，江入大荒流。」「大荒」，是廣闊無邊的原野。這頷聯寫的是連綿的群山隨著廣闊的原野的展現而消失，浩蕩的長江流入莽莽平原奔向遠方。頸聯是「月下飛天鏡，雲生結海樓。」「天鏡」即月亮。「海樓」即「海市蜃樓」，這是光線經不同密度的空氣層，發生顯著折射時，把遠處景物諸如城市、樓臺等顯示在空中或地面的幻景。這頸聯寫的是月亮映到江水裡，好像從天空中飛下來一面明亮的鏡子，江上的行雲簇擁而來，在天空中變幻而成「海市蜃樓」。頷聯景象雄闊，頸聯景象瑰麗。「荊門外」的山川勝景，兼收筆底。

尾聯「仍憐故鄉水，萬里送行舟。」歸結到送別。「仍」，是「始終」的意思。「憐」，是「愛」的意思。長江從四川東流而下，李白從小生活在四川，所以把四川看作自己的故鄉，親切地稱流經四川的長江為故鄉水。故鄉水本來就是可親可愛的，現在又不遠萬里，伴送詩人的行舟，自然就更勾起詩人憐愛故鄉的心情了。由此，詩人作別故土、惜別親友的誠摯感情，也就自然洋溢於詩句的字裡行間。

全詩以啟程遠遊起筆，中間寫途中所見景色，最後以惜別作結。過渡自然，結構謹嚴。但是，更值得稱道的，是詩中所表現的景物描寫的藝術手法，李白的詩歌，長於描繪自然景物。特別是祖國的高山大川，展現在他特奇的詩句中，形象是何等鮮明，氣勢是何等磅礴！

〈渡荊門送別〉所寫景物，都是雄偉奇麗的遠景。詩中的畫面，極其廣闊。頷聯中群山的消失、平野的廣闊、江流的邈遠和頸聯的水中月影、天上行雲等等景象，都絕不是俯拾近視可以得到的。它們很容易使我們聯想到杜甫的「星垂平野闊，月湧大江流」（〈旅夜書懷〉），王維的「江流天地外，山色有無中」（〈漢江臨眺〉）這些雄偉的畫卷，儘管這些詩句所描繪的景象和所體現的情趣與〈渡荊門送別〉不盡相同。至於開頭兩句和最後兩句，雖然或則偏重於敘述，或則偏重於抒情，但它們同樣爲人們描繪了一卷尺幅千里的雄偉畫面。

當然，詩中雄偉奇麗的畫面，並不是大自然景色的隨意拼湊和簡單再現。這裡面，處處體現著詩人的藝術匠心。詩人是很善於攝取自然景物到詩境中來的。荊門外的景色，可入詩者自然很多，而詩人只選取了群山、平野、月影、行雲和萬里送行舟的故鄉水五者而已。而且，在詩人筆下，這些自然景色，又都和浩蕩長江密不可分。群山是長江兩岸的群山，平野是長江流經的平野，月影是長江水中的月影，行雲是長江空中的行雲，萬里送行舟的故鄉水，也還是長江水。它們以浩蕩的長江爲中心，共同和諧地構成了一幅雄偉奇麗的江景圖。可見，詩人又是非常善於選取寫景的角度的。如果再作細緻一點的觀察，我們還可以發現，這幅雄偉奇麗的江景圖，又是在江上舟中的詩人的眼裡出現的。詩人身在江上的舟中，寓目成景。向兩邊看，見「山隨平野盡」，向前方看，見「江入大荒流」，低頭向水面看，是「月下飛天鏡」，擡頭向空中看，是「雲生結海樓」，回過頭來再看看來時的水路呢，映入眼簾的，卻是「（仍憐）故鄉水，萬里送行舟」的使人動情的美好景色。這些詩句，我們玩味起來，就彷彿和詩人一道置身於江上舟中，一同享受這寓目成景的愉快一樣，倍感自然親切。

詩人寫景用語著字，也是匠心獨具的。在這方面，詩中最顯著的成功，是恰當地配合使用動詞，使得詩句所再現的景象，貼切入微，動態分明。「山隨平野盡」中的「隨」字和「盡」字的配合使用，「江入大荒流」中的「入」字和「流」字的配合使用，寫出了群山逐漸消失，長江由近而遠的真切的動態。「月下飛天鏡」中的「下」字和「飛」字的配合使用，「雲生結海樓」中的「生」字和「結」字的配合使用，分別把由於月亮的影子從天上下落，飛映到水中，造成水中月影的變化過程，和由於行雲的湧現而變幻成海市蜃樓的過程寫活了。

照一般的說法，詩有即景詩和即興詩之分。其實，即興詩固然不必一定寫景，而即景詩倒是常常離不開寄興的。因爲觸景生情，借景抒情，以至於情景交融，本來是理出自然，因而也是詩家常用的藝術手法。因此，詩中的景物，當然不是自然景物的簡單的摹擬，它是染上了詩人內心的感情色彩的。「情樂則景樂」。應該說，進入詩人眼中而又再形諸詩人筆下的荊門外的雄偉奇麗的自然景色，和這位青年詩人初離故土，投身到更廣闊的天地，去追求那不平凡的事業的廣闊胸懷和奔放熱情的情調是和諧一致的。無怪乎胡應麟在《詩藪》中說，詩中三、四句，「太白壯語也」。詩的最後兩句，景物中更是飽含著詩人的激情。這激情，是惜別的激情，更是滿懷希望、展望前途的激情。這是因爲：「故鄉水」之所以值得詩人如此憐愛，在詩人看來，不僅僅是因爲它來自故鄉，而更重要的是因爲它不辭萬里，熱情地把詩人自己送上生活道路上的遠大前程。

（張煉強）

宣州謝脁樓餞別校書叔雲

棄我去者，昨日之日不可留，亂我心者，今日之日多煩憂。長風萬里送秋雁，對此可以酣高樓。蓬萊文章建安骨，中間小謝又清發。俱懷逸興壯思飛，欲上青天覽明月。抽刀斷水水更流，舉杯消愁愁更愁。人生在世不稱意，明朝散髮弄扁舟。

我們對於自己熟悉的作品每每不肯用一番氣力去研讀它。這或許也並不是「不肯」或「不願意」，有時只是因爲心理上已經形成了一種定勢，妨礙著我們重新去接觸作品。我們往往自以爲是懂得它的，甚至可以一句接一句地背誦它。於是，在我們的意識中，作品中的一切——語言、形象和詩句的安排，便都是理所當然、本該如此的了。這樣，我們便不免失去了第一次讀它時的那種新的感觸和新的發現。一旦定下心來，仔細地將作品玩味一番，那結果也許會使我們自己感到意外的：我們會發現一個古老而又新鮮的世界，一位熟悉而又陌生的朋友。我們曾對他點頭微笑，可是對他的許多特徵實際上卻是熟視無睹的。這正是我讀〈宣州謝脁樓餞別校書叔雲〉的感覺。

這篇歌行是十分聞名的，其中的詩句像「棄我去者昨日之日不可留，亂我心者今日之日多煩憂」，「抽刀斷水水更流，舉杯消愁愁更愁」，都十分精彩，令人過目不忘。但是，如果我們停下來，細細地讀一讀，也許就不難看到，像「棄我去者昨日之日不可留，亂我心者今日之日多煩憂」這樣散文化的長句子，在詩歌中不是多少顯得有些不同尋常嗎？而「昨日之日」、「今日之日」又是何等奇特的一種修辭呢？當我們讀到「抽刀斷水水更流，舉杯消愁愁更愁」時，也許會詫異，一句之中竟能連用兩個「水」字和三個「愁」字；而讀罷全篇，我們更不明白，「俱懷逸興壯思飛，欲上青天覽明月」這樣高亢的情調何以竟會一轉而變成了「舉杯消愁愁更愁」的騷動和不平。所有這一切在一瞬間便產生出令人驚異的效果，彷彿是一個新的發現。而一篇優秀的作品正是永遠在期待著發現，或者更準確地說，是在呼喚著發現。我們對此能一無所感嗎？

這首詩一上來就用兩個極長的句子來寫詩人騷動不安的心情，由此定下了全詩的感情基調。詩人將「棄我去者」和「亂我心者」突出地擺在句首，並形成了一個自然的語氣停頓。而後面的「昨日之日不可留」和「今日之日多煩憂」，則用了四個重複的「日」字，造成了語言行進中的停滯，更加強了那種踟躕彷徨、紛擾不定的心情。

從意義上說，「昨日之日」中只要一個「昨日」就足矣。這兩句如果寫成「昨日不可留」、「今日多煩憂」，意思上不僅沒有什麼損失，反而是更近於詩的凝煉了。但是，這兩句卻因此失去了它們特有的散文式的節奏，而這散文式的節奏在這裡原是有助於傳達詩人紛擾不寧的心情的。因此，從感情的表達上說，這「日」字的重複和這散文化的長句卻並不是可有可無的。

詩人想到時光流逝，昨日一去不返，心情是悵惘的。可是今日卻又只是徒然地帶來煩憂，不免要在莫知所適之中，過去、消失，成爲又一個不可復得的「昨日」。那麼，詩人如何能夠從這煩憂到悵惘、悵惘到煩憂的循環中得救呢？詩的第三、四句，於是改弦更張，另起話題：「長風萬里送秋雁，對此可以酣高樓。」浩蕩不盡的長風送走了南去的雁行，帶來了遼遠無邊的萬里空闊，這是多麼豪爽的風呵！內心的煩憂轉眼之間便被一掃而空了。詩歌的感情上於是便出現了一次大的轉折和飛躍。而這還僅僅是一個開始。面對著這豪爽不盡的秋風，還有什麼比登樓遠眺、飲酒嘯傲更爲適宜的呢？於是，把酒對飲，談詩論文，神思激越，逸興飛揚，這就是所謂「蓬萊文章建安骨，中間小謝又清發。俱懷逸興壯思飛，欲上青天覽明月。」寫到這裡，詩人的一顆心眞是要從高樓飛上青天，去擁抱那一輪明月了。眞是一波未平，一波又起。在這瞬息之間，感情便被推向了高潮，從而與詩歌開篇的兩句形成了強烈的對比。在這戲劇性的變化與轉折面前，我們只有驚奇，只有困惑，我們還能說些什麼呢？

當然，要說的話也是有的，那主要是關於詩句的理解。「蓬萊文章建安骨，中間小謝又清發」兩句，通常有兩種說法：一是說回顧自漢以來的文壇，讚美漢代文章和建安風骨，追慕謝眺的風調；一是說二句分指主客，上句說李雲的文章得建安風骨，下句則自比為小謝的清發。在我看來，這兩種說法本不矛盾。說古未必不是談今，談今卻又是憑藉著說古。二者一表一裡，正是辭淺而意深。我們無妨來做一點具體的解釋。「蓬萊」原是指海上的神山，相傳仙府祕籍皆藏於此。東漢時宮中藏書和著書多在東觀，因此東觀也被稱為蓬萊山。這裡的蓬萊文章正是「漢代文章」的意思。而漢魏以下，從古至今，這中間便又有謝眺清新駿發的詩章。這裡顯然是沿著歷史的線索說下來的，這「中間」二字因此並不是虛設之辭。從這個意義上說，前一種說法是可以成立的。不過，詩人的意思又不限於談論過去，所謂「蓬萊文章」哪裡只是泛泛而論呢？李雲這時任祕書省校書。而唐代的祕書省，正有如漢代的東觀。因此，所謂「蓬萊文章建安骨」又兼有贊譽李雲之意。至於「中間小謝又清發」也正是詩人自比之辭，因為謝眺的清發是久為李白所仰慕的。他所謂的「解道澄江靜如練，令人長憶謝玄暉」，其實又豈止是追憶與憑弔而已呢？這兩句實際上正是說李雲的文章得建安風骨，自己的詩歌則有小謝的清發。因此接下來才有了「俱懷逸興壯思飛」一句，不然的話，至少這裡的「俱」字就不那麼好交代了。

詩人談到主客的詩文，便神思飛揚，如前一段所說，很快達到了一個感情的高潮。那麼，高潮之後又將是什麼呢？我們凝神期待，屏息傾聽，聽到的卻是這樣幾句詩：「抽刀斷水水更流，舉杯消愁愁更愁。人生在世不稱意，明朝散髮弄扁舟。」在那意興飛揚，舉杯酣飲的一剎那，情緒卻又出人意料地跌落到最低點上，彷彿是從波峰到谷底，形成了大起大落的感情波瀾。我們要尋問它變化的消息嗎？那彷彿是乘興而來，興盡而返，全無蹤跡可尋。如果非要探問出它的來去，則似乎是隱含在他另一篇詩歌中的：「金樽美酒斗十千，玉盤珍羞直萬錢。停杯投箸不能食，拔劍四顧心茫然。欲渡黃河冰塞川，將登太行雪滿山。閑來垂釣碧溪上，忽復乘舟夢日邊。行路難，行路難！多歧路，今安在？長風破浪會有時，直掛雲帆濟滄海。」（〈行路難〉其一）這兩首詩的相似是顯而易見的。這裡所謂「停杯投箸不能食，拔劍四顧心茫然」，正是本篇中「抽刀斷水水更流，舉杯消愁愁更愁」的開始。而這首說：「長風破浪會有時，直掛雲帆濟滄海」，本篇則說：「長風萬里送秋雁，對此可以酣高樓」。雖然一在海上，一在樓上，這萬里長風卻是一以貫之的。所不同的是，這首詩結束在長風乍起，揚帆欲飛之際，情緒正從低潮走向高潮去；而在本篇中，長風已過早地消逝，全篇恰恰結束在詩人青天攬月歸來，在舟中歇息的當兒，也就是不幸印驗了「縱令風歇時下來」那個假設的時刻。情緒這時自然是從高潮落到了低潮，不足與前一首相比。但是，這無形的風變化莫測，來去無常，誰又能把握得住呢？誰能夠保證「明朝散髮弄扁舟」之後，詩人不會寫出「直掛雲帆濟滄海」這樣的詩句呢？假如他在扁舟上掛起風帆，或者僅僅因為他想繼續寫下去的話。詩人的感情正像是這無形的風，它行猶響起，藏若景滅，時而猛似奔浪，時而又細如嘆息。我們不清楚這中間的變幻，更不知道它會朝哪個方向吹，我們想去追問那八面來風嗎？

現在，我們也許要問：一篇不長的詩歌中竟有這樣大幅度的感情跳躍，那麼，它如何能夠保持自身的完整性和統一性呢？的確，從「長風萬里送秋雁」到「蓬萊文章建安骨」，這中間未免有些開闔失度。不過，這並不妨礙它通篇的完整。從全篇來看，篇末的四句可以說是一個大的跳躍與轉折。但是，這卻並非劈空而來，而是與開篇的那種不平和惶惑的感情基調一脈相承的。作品前後呼應，似乎走完了一段心路的歷程，重新回到它最初的起點。我們若是還要尋找那時間上的憑藉，末句的「明朝」

不正是從頭二句中的「昨日」、「今日」一貫而下的嗎？在這時間的順序展開之中，詩歌的感情基調貫穿終始，從而保持了作品的內在統一性。而除此之外，通篇淋漓盡致的抒情，散文化的筆法，也給作品帶來了通暢而奔放的氣勢。因此，儘管大起大落，大開大闔，卻總是筆斷而氣不斷，騰踔跳躍而又融洽自如。這時我們才懂得了這首詩的奇妙之處。一首好的詩歌不能沒有感情上的跳躍，但是又貴在一氣呵成，氣勢通貫。我們第一次認真讀它時，會震驚於它跌宕起伏的變化，而讀得多了，卻能更多地體會到它內在的統一感。

（商　偉）

答王十二寒夜獨酌有懷

昨夜吳中雪，子猷佳興發。萬里浮雲卷碧山，青天中道流孤月。孤月滄浪河漢清，北斗錯落長庚明。懷余對酒夜霜白，玉牀金井冰崢嶸。人生飄忽百年內，且須酣暢萬古情。君不能狸膏金距學鬥雞，坐令鼻息吹虹霓；君不能學哥舒，橫行青海夜帶刀，西屠石堡取紫袍。吟詩作賦北窗裏，萬言不值一杯水。世人聞此皆掉頭，有如東風射馬耳。魚目亦笑我，謂與明月同。驊騮拳跼不能食，蹇驢得志鳴春風。《折揚》《黃華》合流俗，晉君聽琴枉清角。《巴人》誰肯和《陽春》，楚地猶來賤奇璞。黃金散盡交不成，白首爲儒身被輕。一談一笑失顏色，蒼蠅貝錦喧謗聲。曾參豈是殺人者，讒言三及慈母驚。與君論心握君手，榮辱於余亦何有？孔聖猶聞傷鳳麟，董龍更是何雞狗！一生傲岸苦不諧，恩疏媒勞志多乖。嚴陵高揖漢天子，何必長劍拄頤事玉階！達亦不足貴，窮亦不足悲。韓信羞將絳灌比，禰衡恥逐屠沽兒。君不見李北海，英風豪氣今何在？君不見裴尚書，土墳三尺蒿棘居。少年早欲五湖去，見此彌將鐘鼎疏。

這是李白詩歌中的長篇名作之一，是李詩成熟高峰時期的作品，作於天寶八載（七四九）之後，客居金陵時期，從詩題可知，這是一首酬答友人之詩。王十二，姓王，弟兄間排行十二，名字和生平不詳，從詩中內容來看，王十二也是一個磊落英才，與李白有著深厚的情誼。

一場紛飛的江南大雪，觸發了王十二的豪情逸興，他多麼想與好友李白雪夜圍爐暢飲啊，可是覓而不得，於是對雪作了一首〈寒夜獨酌有懷〉詩寄贈。李白就作此詩作為酬答。詩中將多年來鬱積在心底的憤懣和牢騷一齊排遣出來，指陳時事，抨擊黑暗，笑傲王侯，浮雲富貴，揮斥幽憤，痛快淋漓，充溢著一股懷才不遇的勃鬱不平之氣。

全詩長達五十一句，細繹詩意，明顯可將全詩分成四個段落。

第一段，從「昨夜吳中雪」至「且須酣暢萬古情」，共十句。設想王十二寒夜懷念自己的情景，領起全詩，為下面傾心暢抒情懷奠定感情基調。「昨夜吳中雪，子猷佳興發」，開頭兩句，用東晉王子猷雪夜訪戴逵的故事，將時間、地點、環境的交代巧妙地融化在典故中，簡潔蘊藉，出神入化。以王子猷比王十二，以戴逵自比，又顯得別有一番風流情趣。接著四句，「萬里浮雲卷碧山，青天中道流孤月。孤月滄浪河漢清，北斗錯落長庚明」，描寫寒夜的景色。浮雲碧山，青天孤月，滄浪河漢，北斗錯落，從黃昏一直到天明，景中烘托和寄寓著豪達之士卓犖不羈的生活態度和孤高霜潔的品格節操。王國維《人間詞話》說：「有我之境，以物觀物，故物皆著我之色彩。」李詩名篇多能創造不平凡的氛圍，以表現「奇之又奇」的境界。「懷余對酒夜霜白，玉牀金井冰崢嶸」，傳神地想像出王十二寒夜獨酌的環境，感情眞摯，氣象奇偉。「人生飄忽百年內，且須酣暢萬古情」，詩人筆鋒一轉，直抒胸臆。對上承接「懷余對酒」，對下開啟洶湧而至的萬古情懷的閘門，自然地過渡到第二段。

從「君不能狸膏金距學鬥鷄」至「有如東風射馬耳」九句爲第二段。詩人以憤怒的筆觸，直刺時事，揭露權貴專橫跋扈、志士寒窗孤寂的黑暗現實，點明共同的遭遇是兩人引以爲知己的基礎。「君不能狸膏金距學鬥鷄，坐令鼻息吹虹霓；君不能學哥舒，橫行青海夜帶刀，西屠石堡取紫袍。」詩人連用兩個「君不能」，形成排比的氣勢，聲聲讚美王十二正直高潔的人品。前人都認爲此四句，是告誡王十二之辭，其實不然。這裡的「君不能」猶言「君不會」，王十二乃一介書生，是個正直之士，對鬥雞徒與黷武者也是深惡痛絕的，故李白謂其不善於取悅統治者。鬥雞小兒們挖空心思，不擇手段邀勝請寵。「狸膏」指用狐狸的油脂熬成的膏，《爾雅翼》：

「鬥鷄，私取狸膏塗其頭，輒鬥無敵。此非有厭勝，特是狸能捕鷄，畏鷄聞狸之氣則畏而走。」金距，帶鋸齒的鐵片，在鬥雞時縛在雞足上，可以增強殺傷力。《呂氏春秋》云：金距，施金芒於距也。「坐令鼻息吹虹霓」，他們鼻子裡的呼吸簡直可以衝到天上干擾彩虹，極言鬥雞徒的囂張氣燄，勾勒出一幅小人得志的醜惡嘴臉。李白另有〈古風〉「路逢鬥鷄者，冠蓋何輝赫，鼻息干虹霓，行人皆怵惕」，可參證。當時玄宗驕寵鬥雞小兒賈昌之流，所以民間諺語說：「生兒不用識文字，鬥鷄走馬勝讀書。」第二個「君不能」，是針對玄宗的不義戰爭而言。《舊唐書．哥舒翰傳》，記載天寶八載（七四九），哥舒翰以數萬唐軍的生命爲代價，強克在青海地區的石堡城，擒吐蕃四百餘人，屠殺全城百姓。又載，哥舒翰因克石堡有功，拜特進鴻臚員外卿加攝御史大夫。紫袍，指三品以上官服。哥舒翰以殘忍兇悍換取紫袍，西鄙人歌曰：「北斗七星高，哥舒夜帶刀，吐蕃總殺盡，更築兩重濠。」所有這些行徑，都是爲仁人志士所鄙棄的，王十二也不善於幹這樣的事。王十二既不會鬥雞取悅統治者，又不會屠殺邊疆人民取得高官厚祿，那麼王十二會什麼呢？李白詩中接著說：「吟詩作賦北窗裏，萬言不值一杯水。世人聞此皆掉頭，有如東風射馬耳。」王十二只會在北窗下吟詩作賦，可是縱有詩賦萬言，它的價值連一杯水都不如，世人聽了只把頭一扭，就像東風吹進馬耳一般，無動於衷，毫不關心。詩人悲慨王十二白首下帷，不被世人理解的境遇，寄寓著無限同情。而王十二的這種境遇，豈不正是詩人自己的遭遇嗎？於是由別人推及自己，懷才不遇的不平，在胸中翻騰起伏，蓄積起更大的感情氣勢，化作狂波巨瀾，沖決而下，詩就轉入第三段。

第三段，從「魚目亦笑我」至「讒言三及慈母驚」十四句，抒發憤慨不已的情感，抨擊黑白顛倒，是非不分，小人得志，賢人受辱的黑暗現實，爲自己遭到讒毀和誣陷的不幸大鳴不平。

「魚目亦笑我，謂與明月同」，明月，珍珠名，即明月珠。那班庸碌無能之輩居然也恥笑我，自稱他們與有才有德的人一樣。眞是魚目混珠，賢佞不分！「驊騮拳跼不能食，蹇驢得志鳴春風」，千里馬屈伏在馬廄裡受饑挨餓，而跛足的驢子卻在春風中得意長鳴，這裡比喻賢人被貶斥受屈辱，奸佞小人竊取高位，氣燄囂張。「《折揚》《黃華》合流俗，晉君聽琴枉清角」，《折揚》、《黃華》都是古代流行的俗曲，《莊子·天地篇》：「大聲不入裏耳，《折揚》《皇華》則嗑然而笑。」「清角」典出《韓非子·十過篇》：春秋時晉平公很昏庸，卻強迫師曠爲他演奏清角，結果，晉國大旱三年，晉平公也得了病。二句意思是說：只有《折揚》、《黃華》等曲調符合流俗，而昏君聽清角，結果反而帶來災難。「《巴人》誰肯和《陽春》，楚地猶來賤奇璞」，這裡用兩個典故。前句用宋玉〈對楚王問〉：「客有歌於郢中者，其始日《下里》、《巴人》，國中屬而和者數千人；……其爲《陽春》、《白雪》，國中屬而和者不過數十人。」後句用《韓非子．和氏》記載：春秋時，楚人卞和先後三次向三位楚王獻璞玉。前二次都認爲是石頭，以欺君之罪砍去雙足。第三次使人剖璞，果然得到寶玉。詩人悲嘆世俗只愛唱《下里》、《巴人》那樣的俚語俗曲，誰肯去附和《陽春》、《白雪》那樣高雅的曲調？統治者歷來把奇璞當石頭，不識寶玉，這裡顯然是比喻統治者只會起用平庸無能之輩，而不識傑出人才。「黃金散盡交不成，白首爲儒身被輕」二句，詩人感嘆世風的澆薄勢利。想當初詩人曾慷慨解囊，高歌「千金散盡還復來」，以爲「人生貴相知，何必金與錢！」可是，他想不到如今黃金揮盡，朋友難交。自己一輩子讀書作賦，卻被人輕視。世道實在太骯髒啊！接著，詩人又悲慨自己遭讒受逐的不幸：「一談一笑失顏色，蒼蠅貝錦喧謗聲，曾參豈是殺人者，讒言三及慈母驚。」前二句意思是說，對待權貴稍有不敬，不以笑臉相迎，奸佞小人就製造謠言，羅織罪狀。蒼蠅，典出《詩經．小雅》：「營營青蠅，止於樊。豈弟君子，無信讒言。」李白詩中經常說：「青蠅易相點，白雪難同調」（〈翰林讀書言懷〉）；「楚國蒼蠅何太多，連城白璧遭讒毀」（〈鞠歌行〉），等等。貝錦，典出《詩經．小雅》：「萋兮斐兮，成是貝錦，彼譖人者，亦已太甚」。都是說小人進讒。「曾參豈是殺人者，讒言三及慈母驚」，典出劉向《新序．雜事》：春秋時，曾參在鄭國，一個和他同姓名的人殺了人，有人去告訴他母親，先後二次母親都不相信，但到第三次她就相信了。當時曾母正在織布，她扔下機梭，越牆逃走。這裡意思是說曾參並沒有殺人，可是最信任兒子的慈母聽了三次報告，還是相信謠言而逃走了，可見讒言的可怕。詩人親身遭受讒逐，所以對小人進讒深惡痛絕。李白在不少詩中曾指斥當時統治者不分賢愚，顛倒是非：「珠玉買歌笑，糟糠養賢才」（〈古風〉十五）；「梧桐巢燕雀，枳棘棲鴛鸞」（〈古風〉三十九）；「雞聚族以爭食，鳳孤飛而無鄰。蝘蜓嘲龍，魚目混珍，嫫母衣錦，西施負薪」（〈鳴皋歌送岑徵君〉）。在此詩中，詩人透過一系列譬喻和用典，把被顛倒了的是非現象排列在一起，形成強烈的對比。鋪張揚厲，歷數小人得志猖狂，志士賢才受害的黑暗，襯托出詩人磊落佗傺、純潔高尚的人格力量。

「與君論心握君手」至「見此彌將鐘鼎疏」十八句，是全詩的第四段寫詩人睥睨富貴，笑傲王侯的氣概，表達詩人輕視功名，尋求自由，看破世俗的情緒，最後決心全身遠禍，歸隱江湖，表示對黑暗現實的抗爭。

「與君論心握君手」，論心握手，這是詩人與王十二的深情厚誼，只有他們知己之間才能披心瀝膽坦誠相見。面對醜惡現實，詩人敢說敢為，置榮辱於身外，傲然卓立，「榮辱於余亦何有？」詩意奇突，情感激憤。「孔聖猶聞傷鳳麟，董龍更是何雞狗！」孔聖指孔子，《論語．子罕》：「子曰：『鳳鳥不至，河不出圖，吾已矣夫』。」又《史記．孔子世家》載，孔子因魯人獵獲麒麟而嘆息曰：「吾道窮矣！」這句意思是說，被人們視為聖人的孔子尚且不得志，更何況自己呢！也就是李白詩中說的：「大聖猶不遇，小儒安足悲！」（〈書懷贈南陵常贊府〉）「董龍」句，典出《晉書．苻生傳》：十六國前秦宰相王墮性格剛直，不願理睬小人董龍，有人勸王墮敷衍一下，王墮罵道：「董龍是何雞狗，而令國士與之言乎？」詩人在這裡矛頭直指當朝權姦，表現出剛腸嫉惡如讎，決不與小人合流的堅定意志。「一生傲岸苦不諧，恩疏媒勞志多乖」，這是詩人對自己一生行為的總結語。李白一生傲岸頡頏，不屈己，不干人，「安得摧眉折腰事權貴，使我不得開心顏。」正是詩人高傲的個性，皇帝疏遠他，荐舉的人白白煩勞了一陣，自己的志向卻被人看作乖戾不合時。可是，詩人還是堅持自己高士的人格：「嚴陵高揖漢天子，何必長劍拄頤事玉階」，他要像當年嚴子陵對待漢光武那樣，長揖不拜，何必一定要站在君門玉階之下，長劍拄頤侍奉皇帝呢？因爲詩人覺得「達亦不足貴，窮亦不足悲」，做高官也不值得尊貴，處困境也不必悲傷，詩人超塵拔俗，一切都無可謂了。接下二句「韓信羞將絳灌比，禰衡恥逐屠沽兒」，當年韓信羞於與周勃、灌嬰同列諸侯，禰衡更把當時名人陳群、司馬朗看作宰豬賣酒之人，不願與他們交往。詩人在這裡自比韓信、禰衡，傲視權貴，蔑視禮教，不僅因爲他要追求人格自由，更因爲他自己的抱負根本不是當朝權貴們所可比擬的。接著，詩人筆鋒又一轉，犀利之筆直指黑暗時事：「君不見李北海，英風豪氣今何在？君不見裴尙書，土墳三尺蒿棘居。」天寶六載，奸相李林甫杖殺北海太守李邕，逼死刑部尙書裴敦復。這兩個人物在當時是衆官仰望的正直之士，與李白曾有深厚友誼。他們的被殺不僅使李白極爲憤怒，而且朝廷上下都大爲震恐。但權姦李林甫當道，人們敢怒不敢言。詩人在此悲憤地呼喊李北海的英風豪氣已不見，裴尙書的土墳長滿蒿棘，這是對權姦的強烈控訴。詩人深感正直的人不得善終，世道實在太黑暗了，終於又產生了退隱思想：「少年早欲五湖去，見此彌將鐘鼎疏。」「五湖去」，典出《吳越春秋》：越國大夫范蠡協助越王勾踐打敗吳國後，功成退隱，泛舟五湖。「鐘鼎」，古代貴族家中飲食時鳴鐘列鼎，這裡借指富貴榮華。詩人少年時代就立志要像范蠡那樣功成身退，如今看到世道如此艱險，朝廷政治如此腐敗，更加把富貴榮華看得疏淡了，退隱思想彌加堅定。這既是詩人的自述志向，也可看作對王十二的規勸。詩寫到這裡，話都講完了，詩也就到此結束，但憤慨的餘音卻仍在篇外回蕩。

全詩感情跌宕多變，骨氣端翔，直抒胸中不平之氣，痛快淋漓。尤見李白詩歌縱橫捭闔、奇突不平的特色。可是，元、明二代的李詩註家蕭士贇、朱諫、胡震亨等人都把此詩斷爲僞作。蕭註云：「按此篇造語敘事錯亂顛倒，絕無倫次，董龍一事尤爲可笑，決非太白之作。」其實，如果抓住詩人抒情的特點，沿著詩人感情脈搏探索，不難理出此詩頭緒，根本不存在「錯亂顛倒，絕無倫次」的地方。此詩抒情上的最大特點是感情如火山噴發，強烈如注，跌宕起伏。意象跳躍不定，乍讀似乎若斷若續不相連，但仔細品味，就可看出意脈一貫，一氣呵成，渾然一體。在句法上，以七言爲主，又有五言交錯，排句散句，交雜使用，也體現出多變的情韻，與詩人激烈變化的感情相吻合。清代方東樹評李白的詩說：「太白當希其發想超曠，落筆天縱，章法承接，變化無端，不可以尋常胸臆摸測。」（《昭昧詹言》）說得很對，此時的脈絡確實是「不可以尋常胸臆摸測」的。

（**郁賢皓　倪培翔**）

陪族叔刑部侍郎曄及中書賈舍人至遊洞庭（其二）

南湖秋水夜無煙，耐可乘流直上天？且就洞庭賒月色，將船買酒白雲邊。

山水酒月伴隨李白一生，直到暮年。乾元二年（七五九）年，詩人長流夜郎遇赦後，與被貶謫的刑部侍郎李曄及中書舍人賈至同遊南湖。南湖，唐代亦名邕湖，位於岳州（今岳陽市）南，旁通洞庭湖。這裡湖水澄清，山林碧翠，風光旖旎，自古爲巴陵勝地。李白不久前與賈至遊龍興寺，登西閣遠眺，曾用現實主義的彩筆，描摹過南湖美麗如畫的日景：「剪落青梧枝，邕湖坐可窺。雨洗秋山淨，林光澹碧滋。水閑明鏡轉，雲繞畫屛移。」這一回，詩人則以浪漫主義筆觸描寫其清幽空靈的夜景，別有一番超逸情趣：

「南湖秋水夜無煙，耐可乘流直上天？」

你看，長煙一空，煙霧全消，天空顯得分外澄淨、透明。湖邊遠處，水天相接。

詩人面對這夢幻般迷人境界，不禁浮思聯翩，幻想著怎麼能夠乘著粼粼碧波，直上青天。詩人興致勃勃，「嗜酒見天眞」（杜甫：〈寄李十二白二十韻〉），乘流直上青天途中，還不忘記「且就洞庭賒月色，將船買酒白雲邊。」在李白的想像世界裡，天地到處有酒，「天若不愛酒，酒星不在天。地若不愛酒，地應無酒泉」（〈月下獨酌．其二〉）；既然「天地愛酒」，那麼暫且向洞庭湖面賒來一派晶瑩月色，帶著小船，駛向天邊，於白雲湖水相接處買酒，這樣，才「愛酒不愧天」呢。

酒月是李白的親密伴侶。詩人歌唱酒月，篇篇有新意，句句動人：或「月下獨酌」，或「把酒問月」；或「舉杯邀明月」（〈月下獨酌．其一〉），或「唯願當歌對酒時，月光長照金樽裏」（〈把酒問月〉）。此詩則別開生面，獨樹一格：「且就洞庭賒月色，將船買酒白雲邊。」賒月色句極佳，妙趣横生，一字傳神，盡得風流，意興豐滿。其妙處之一：以虛顯實。詩人在這裡不用彩筆濃墨和華麗詞藻從正面實寫月光的潔白、清亮、明淨；只由側面虛寫「賒月色」，留出廣闊的想像空間，啟發人們聯想。有同賒相生相成。正是由於洞庭湖面灑滿銀光閃閃、明亮晶瑩的月光，才能隨時隨地「賒」來月色。詩人著一賒字，便立見月色之多與亮；不寫月色光亮而光亮自見。這種從虛處落筆，虛中藏實的手法，宛如中國畫「計白爲墨」的空白構圖法。

畫面的空白處不是虛無，而是藏境。空白與露景相呼應，構成一個對立統一的和諧的藝術整體，人們會從畫面所露的實景自然地聯想出所藏的虛景與情境，所謂象外之象與言外之意。例如，齊白石的水墨畫《蝦》，觀衆對蝦鬚的舒卷自如與蝦前腳的自由伸展裡，彷彿望見蝦群在水中活脫脫地游動。畫面的空白處沒有寫水，卻使人聯想到滿紙是水。《蝦》畫中空白處與「賒月色」句的妙諦，可謂異曲同工——虛實相生，以虛露實。

賒字句妙處之二：以量顯質，虛處傳神。賒字不但表現月色的量多，而且還將月亮擬人化，表達其質高：純潔清白，大公無私。她慷慨大方，無償地賒給人間以晶瑩清輝，所謂「清風朗月不用一錢買」。坎壈潦倒的李白因而樂意「賒月色」，盡情欣賞自然美。賒字將詩人與月亮之間親密融洽的審美關係表露無遺，饒富幽默感與詼諧味，充滿濃郁的生活氣息。

這首詩的藝術造詣達到爐火純青境地。想像新穎獨特，出人意表，超凡拔俗，「可謂奇之又奇」（殷璠《河嶽英靈集・李白詩選序》）。境界開闊、高遠、縹緲，詩人以山水畫的筆墨技巧寫景。首先，藝術構思充分體現了古代闊遠構圖法的特色。

所謂闊遠，即黃公望在《寫山水訣》中所說的「從近處望遠中間相隔遙者」。①此法善於表現景物的無窮遠。詩人描寫景物，採用散點透視，視線移動，從南湖近處而洞庭而白雲邊，中間相距遼曠，漸遠漸高，以至「直上天」。唐代山水畫家總結出闊遠景物的特色為「遠水無波，高與雲齊」（王維〈山水論〉）。此詩末句「將船買酒白雲邊」，船與白雲齊，可見湖水高遠、開闊，景物迷茫浩渺，給人以飄逸的審美感受。此詩構圖寫景佳處就在於以畫家筆法入詩。

其次，詩人以畫家般敏銳的眼睛感知自然景物的本色，詩中所創造的「意境色」，配合和諧，彌漫著一種陰柔的色彩美。看吧，「南湖秋水夜無煙」，夜色幽冷，天空蔚藍，湖水碧澄，一片青、藍。洞庭月色，晶瑩銀亮；天邊白雲，潔淨、素淡；洞庭湖水，墨藍深暗；澄空月光，雪白淺明。上下與中間的景物色調，對比鮮明，層次清晰，而又平衡和諧，配調適當，都統一在冷色調中。這種清淡素冷的「意境色」，無言卻有意地傳達了詩人恬靜澹泊、曠達超脫的情懷。詩的格調也因而顯得沖淡平和，饒富陰柔的優美感。

（何國治）

① 此句通行本作「從近隔開相對謂之寬遠」。見《畫論叢刊》或俞劍華《中國畫論類編》。

望廬山瀑布（其二）

日照香爐生紫煙，遙看瀑布掛前川。飛流直下三千尺，疑是銀河落九天。

李白的〈望廬山瀑布〉，共兩首。一首是五言古詩，寫從近處仰觀瀑布的生動情狀；一首是七言絕句，寫遠望中瀑布的壯麗景象。這裡介紹的是後一首，即七言絕句。這首詩雖僅四句，卻寫得氣勢飛動、景色壯闊而又清新自然、韻味醇美，體現了李白詩歌豪放雋逸的藝術風格。

題目是〈望廬山瀑布〉，「望」，說明詩人站在遠處眺望，寫的是瀑布的遠景。廬山，又稱匡廬山，在今江西省九江市南，北依揚子江，南臨鄱陽湖，山勢秀拔，風景幽美，自古以來就是我國著名的遊覽勝地。「談匡廬之勝者，輒首瀑布」（清・吳闡思《匡廬紀游》），而香爐瀑布，又以壯觀擅名宇內。李白這首詩，生動地再現了香爐瀑布的雄奇壯麗。

「日照香爐生紫煙」，陽光照耀，香爐峰際蒸騰著紫色的煙霧。「香爐」，即香爐峰，是廬山北部的一座高峰，因形似香爐而得名。日照峰頂，雲蒸霞蔚，山更顯得高大雄偉、明媚秀麗。東晉名僧慧遠在《廬山記》中所說的「孤峯獨秀，氣籠其上，則氤氳香煙」，就是描繪的香爐峰這一景象。香爐生煙，是當時日常習見的現象，它使人很容易聯想到輕裊繚繞、盤旋升騰的景象，顯得樸實而親切。這雖是景物名稱的偶然巧合，但也是詩人妙手偶得、細心體味景物特點的結果。

詩開頭，不直接寫瀑布，而先寫山，這是詩人慣常使用的映襯手法。寫山的高大雄偉，正是爲了映襯瀑布的豪壯奔放。所以，這一句恰好畫出了瀑布壯美而闊大的背景。

「遙看瀑布掛前川」。遠遠看去，瀑布懸空飛注，從香爐峰直接到山前的水面上。「遙看」二字，也同時起著引領首句並啟迪以下兩句的作用；用在這裡，不僅使詩句凝煉，也把瀑布這一主要景物突現出來了。「遙看」，就是遠望，點出了「望」字。「掛」字脫口而出，不著痕跡，卻傳神入化，描畫出遠望中瀑布的形象。在〈廬山謠〉中，詩人曾用「倒掛銀河」形容瀑布；在另一首〈望廬山瀑布〉詩中，則直接稱瀑布爲「掛流」，那是非常形象的。山水從廬山高處的開先寺（又稱秀峰寺）側流出，經青玉峽，破壁而出，懸掛崖間，形成香爐瀑布（見清・潘耒《遊廬山記》），遠望如珠簾垂空。如白練曳下，景象雄偉而壯觀。

這句引導讀者從遠山望瀑布，彷彿向讀者指點一幅氣象宏大的山水圖景，採用的是提頓蓄勢的筆法，不直接對瀑布進行具體描寫。接著，作者筆鋒急轉，在讀者面前展現出瀑布的具體景象：「飛流直下三千尺，疑是銀河落九天。」「飛流」，不只是改換一下瀑布的稱呼，它既寫出瀑布懸空飛注的動態，也寫出了水勢的迅疾。「直下」，遙應前句「掛前川」，既寫出瀑布呈直掛下、如珠簾垂空的情狀，也寫出了瀑流的陡削、驚險。「三千尺」則狀瀑流之長，並非確指。如果說這句是詩人以誇張的筆墨，寫出望中的直感，那麼，接著「疑是銀河落九天」一句，則是借助藝術想像，使景物升騰到更高的境界，達到了描寫瀑布的極致：瀑布凌空而下，半灑雲天，「隱若白虹」，「忽如飛電」（〈望廬山瀑布〉其一），遠處乍看，恍如銀河從九天之上猛然瀉落下來。瀑布的壯美及其氣勢磅礴、飛動雄偉的特徵，就一下子呈現在讀者面前了。它給人以美的感受，同時也使人受到力的激發。把瀑布倒流比作銀河落天，新穎別致而又形象逼眞。宋代大詩人蘇軾曾稱贊這句詩說：「帝遣銀河一派垂，古來唯有謫仙詞」（南宋・葛立方《韻語陽秋》）。他認爲這句詩是神來之筆，堪稱描寫瀑布的千古絕唱。這評價是並不過分的。一個「疑」字，畫出詩人乍驚還疑、傾心讚美的情態，也把美好的想像與現實的景物極其自然地交融在一起了。

讀完這首詩，在你面前就展現出這樣一幅畫面：香爐峰高聳雲天，瀑布懸空垂掛；雲生山際，水出崖間，飛流直下，忽如天落。這景象是何等的壯美，境界又是何等的開闊！你會覺得，詩人不是在寫詩，而是揮動巨型彩筆，將自己的感情傾諸筆端，在臨空摹畫祖國的山水圖。

李白與王昌齡同被譽爲唐人七言絕句的冠冕，在藝術上有較高的成就。這首詩寫於李白晚年，它的寫作技巧已臻於爐火純青、渾然天成的境界。

景中寓情。從表面看，這首詩似乎純粹寫景；其實不然。任何一個認眞的讀者，從詩人所著意勾勒的畫面中，都會感到詩人熱愛祖國河山的感情，如同他所描繪的瀑布急流一樣，跳蕩在字裡行間。在那兀傲高聳的香爐峰頂，在那豪邁奔放的瀑布急流之中，你都恍如見到詩人自己的影像。正是由於在自然景物中，熔鑄進了詩人自己的感情，賦予了詩人自己的美學理想，自然景物才顯得那樣壯美，才會產生那樣動人心弦的藝術效果。因此，詩人優美、健康的感情，是這首詩的靈魂；而詩中藝術形象的壯美，正是詩人對祖國、對生活熱愛的藝術體現。

想像豐富。李白是積極浪漫主義的大師，豐富的想像力和鮮明的形象性是他的詩歌的共同特點。前人說他的詩「才氣豪邁，全以神運」（清・趙翼《甌北詩話》），讀之「令人神遠」（清・沈德潛《說詩晬語》）。這首詩確實具有這些特點。寫瀑布下流，卻先寫香爐峰高入雲天，落筆不俗，境界闊大。一個「掛」字，狀物傳神。「三千尺」的說法，誇張而不失眞，使人感到瀑流的氣勢。銀河落天的想像，使瀑布這一藝術形象更加鮮明生動，而且能令人產生一種詩意的聯想，餘味無窮。

語言清新。「清水出芙蓉，天然去雕飾」（〈經亂離後天恩流夜郎憶舊遊書懷贈江夏韋太守良宰〉），是李白對詩歌語言提出的一個原則。這首詩是實踐了的。全詩沒用一個典故，沒用一個生僻的詞彙，讀來明白如話，和諧流暢，但卻表現出大自然雄健奔放的氣勢，塑造出瀑布壯美的藝術形象。這是詩人善於學習民間詩歌的結果，也是詩人善於觀察體驗生活的結果。

總之，李白這首七言絕句，熱情地讚頌了祖國的壯麗山河，表現了詩人的開闊胸襟，今天讀來，仍能給人以豐富的藝術感受，激發起人們熱愛祖國大好河山的感情。

（李伯齊）

秋登宣城謝脁北樓

江城如畫裏，山晚望晴空。兩水夾明鏡，雙橋落彩虹。人煙寒橘柚，秋色老梧桐。誰念北樓上，臨風懷謝公？

〈秋登宣城謝脁北樓〉是李白在天寶十三載八月重遊宣城時作的。宣城在皖南，南齊詩人謝脁在這裡做太守，曾在城南陵陽山上建造一所北樓，後人稱謝脁樓。李白愛這地方風景很美，又因爲謝脁是他很佩服的詩人，他每到宣城必到北樓遊覽。集中詠北樓的詩很有幾首，這是其中一篇比較著名的五律。

開頭「江城如畫裏」一句就寫出這次登望的總的印象，全詩就由這句總帽子生發出來。這句和下句在因果關係上是倒裝的。本是「山晚望晴空」，才望出「江城如畫」，而現在把「山晚望晴空」放在次句，「江城如畫裏」突如其來，便顯得突出有力。「山晚望晴空」寥寥五字，寫出登望的地點（山）、時間（晚）、望的動作、當時的天氣（晴）以及所望的對象（晴空）。古漢語在字句的處理上彈性較大，特別是在詩裡，所以能有這樣簡煉的句子。

接著兩聯四句便就「江城如畫」這個概括的印象作具體的渲染。宣城有宛溪、句溪兩水繞城後合流，其中繞城東的宛溪上下有鳳凰、濟川兩橋。從北樓上望去，這兩條水就像兩個明鏡合在一起，兩座橋就像天上的彩虹落到地面來。這兩句顯得天氣是晴朗的，和前句「晴空」呼應。這兩句還見不出秋意，晴空的色彩是新鮮燦爛的，望者的心情也理應是怡悅的。「人煙」兩句表面上是承上兩句烘托「江城如畫」，而實際上這裡有個大轉折，是由「晴空」轉到「山晚」。這裡寫的不但是晚景，而且是秋山晚景，點出詩題中的「秋」字。「人煙寒橘柚」句乍看很費解。據清康熙間繆日芑校宋本《李太白全集》和王琦註《李太白文集》，「寒」字下都註「一作空」，這大概是後人以為宣城無橘柚而且不了解「寒」字的意義憑臆測妄改的。「人煙空橘柚」拙劣無味。李白〈送通禪師還南陵隱靜寺〉詩有「巖種朗公橘」句，還可見當時皖南產橘。李白有時愛用奇字險句，這裡「寒」字便是一例。這句詩本來的意思是說秋天傍晚從山上望起來，人煙和樹木都現出一片冷清（寒）的意味。詩人彷彿在人煙的寒和橘柚的寒中間見出因果關係，橘柚的寒彷彿是由於人煙的寒。這裡的「寒」字和上兩句的「夾」字「落」字以及下句「老」字都是作動詞用的。這樣用「寒」字，全句詩就寫活了。梧桐是樹木中到秋天最先枯謝的。「梧桐一葉落，天下盡知秋。」如果寫散文，我們只須說「梧桐到了秋天便現老象」。李白把「老」字用作動詞，這句詩譯成散文便是「秋色使梧桐變老了」。讀到這兩句，不但要體會詩人用字的凝煉，更要體會詩人灌注生氣於自然景物的那種體物入微的情感及化靜為動的描寫法。

「人煙」兩句不但就客觀景物說是個轉折，就詩人主觀情感說也是這樣。詩人在這兩句裡並沒說出自己的心情，但是「人煙寒橘柚，秋色老梧桐」那種淒清遲垂的感覺恰足傳出他當時的心情，這正是所謂不言情而情自見。有這兩句，結尾「誰念北樓上，臨風懷謝公」兩句便有伏脈。李白對前代詩人，特別推尊謝朓，集中提到懷念謝朓的詩不少，最著名的是「解道澄江淨如練，令人常憶謝玄暉」。李白的所以景仰謝朓，不但是由於謝朓的詩才，也由於遭遇略有類似。謝朓自宣城太守去職後不久，被姦人陷害身死。李白自天寶三載遭楊妃和高力士的忌去官，落魄江湖已十年之久。「誰念」二句一方面寫出舉世無與語的寂寞之感，一方面也寫出在古人中有同調的安慰。

（朱光潛）

望天門山

天門中斷楚江開，碧水東流至此回。兩岸青山相對出，孤帆一片日邊來。

安徽省當塗縣靠長江邊的東梁山（亦稱博望山），與和縣臨長江的西梁山東西相向，對峙如門，所以又總稱兩山爲天門山。安徽古代屬楚國地域，因此詩人把流經這裡的長江叫楚江。天門山形勢險要，李白曾在〈天門山銘〉中寫道：「梁山博望，關扃楚濱，夾據洪流，實爲吳津。兩坐錯落，如鯨張鱗。」

天門山之所以險要，就因爲它「夾據洪流」，是千里大江的咽喉之地。詩的一開頭就抓住這個要害，將兩者——山、水——聯在一起，詩人不是用一加一的辦法把二者簡單地湊在一起，而是透過「斷」、「開」、「回」等字把它們相互作用的內在關係揭示出來。「天門中斷楚江開」，這是橫跨大江的天門山給楚江留下了一條通道呢？還是巨流沖出了一個天門？不管怎樣，都顯示出大自然的奇妙和力量。「碧水東流至此回」，由於天門鎖江，江面狹窄，那浩蕩的長江流到這裡也不得不回旋一陣才能擠過天門。這兩句主要是寫江，但不是任何地方的長江，而是有著典型色彩的天門山一段的長江，詩人借長江巨流的變化，顯示出天門扼江的力量。所以我們可以說這裡是水中有山，以水寫山。交錯寫來，十分自如。

第三句寫山，但也不離水，「兩岸」二字，就是暗寫了長江。「兩岸青山相對出」，既生動地畫出了天門山橫跨長江，對峙如門的勢態，也寫出了雙峰聳立，俯瞰大江的雄姿。如果詩人的「望」，僅著眼於天門山，也許還不能完全認識它，只有把它放在千里長江這個廣闊的背景中才能更加覺出它的雄偉險峻。詩的最後一句，正是從這個意義上振起全篇。「孤帆一片日邊來」，一下子就把鏡頭拉遠了，眞是妙筆生花，眼前頓時變得開闊無垠。那茫茫的江水從天際流來，穿過壁立的天門，又滔滔滾滾，遠隨天去，而在那水天相連之處一片白帆，沐浴著燦爛的陽光從天邊飄來。這裡我們順便說一下：「日邊」，即天邊，形容其遠。從詩的格律來講，這裡應用仄聲。所以詩人用仄聲的「日」字，代替了平聲的「天」字。這樣一來，不僅平仄協調，畫面也變得明朗，形象則更富有浪漫主義的色彩。有人把「日邊」說成是用典，代指唐朝的帝都長安，似乎求之過深。因爲它畢竟是一首寫景詩，把它和「西入長安到日邊」（李白〈永王東巡歌〉）那種政治色彩很濃，寓意很明白的詩同等看待，就難免牽強，失之穿鑿。

〈望天門山〉爲我們展現了一個闊大深邃、色彩明麗的畫面。它有高有低，有遠有近、錯落有致；青山碧水，藍天紅日，還有那耀眼的白帆，交相輝映；同時，它還有靜有動，你看那白浪滔天的江水，日夜不停地在天門腳下回旋咆哮，可是天門山卻巍然不動，相對而立，雄視大江。這種動靜結合，以動襯靜的手法，更加顯示出天門山夾據洪流，傲然屹立的那種天險之地的雄偉氣勢。

在中國文學史上。李白可以說是一位自然美的敏銳的發現者，也是善於刻畫自然美的詩人。這不只是個人的天才所致，而是封建社會的黑暗腐敗的現實，使他有志難伸，只得放情山水，傾心於美好的大自然，他的足跡幾乎遍中國，飽覽了祖國的名山大川。豐富的經歷和熾熱的感情，使得他「胸中山水奇天下」。在他的筆下雖然也有山花、夜月一類明媚秀麗的風光，但更多的是表現高山大河磅礴飛動的氣勢和奇偉瑰麗的雄姿。這些形象不僅是自然美的再現，其中也跳動著詩人的脈搏，表現了詩人傲岸不羈、熱情奔放的性格。它給我們以美的享受，激起我們對詩人的敬仰，更喚起我們對祖國的熱愛。

（趙其鈞）

早發白帝城

朝辭白帝彩雲間，千里江陵一日還。兩岸猿聲啼不盡，輕舟已過萬重山。

從字面看，這首詩無非是寫三峽水流之急，船行之快，是一首詠山川、紀行旅的作品。我們還可以引《水經注》中描寫三峽的那一段文字來印證。但是，詩的意思如果僅僅是這些，那不過是把《水經注》改寫成一首詩歌而已，就不會成為千古絕唱了。我覺得這不僅是一首寫山水紀行旅的詩，也是一首抒情詩，抒寫了詩人自己心情的輕鬆與喜悅。據考證，這首詩是李白在流放途中走到三峽遇赦返回的時候寫的。「千里江陵一日還」的「還」字就暗示了這一點。歸還時的輕鬆和喜悅，是以流放途中的痛苦和艱辛為對比的。正因為不久之前有判罪流放的痛苦，有逆水行舟的艱辛，所以遇赦歸來順流而下的時候才感到格外的輕鬆和喜悅。即使是淒涼的猿啼，李白以此時的心情聽來也非同彼時了。這種輕鬆喜悅的感情，李白沒有在詩裡直接說出來，而是從字裡行間流露出來的。如果不細細品味也許還不易察覺呢！

講到這裡，詩的意思是不是講完了呢？沒有。我覺得其中還有另一種感情，就是惋惜與遺憾。上三峽的時候，李白是一個流放犯，三峽的景色只能加重他的愁苦，他大概沒有心情去欣賞周圍的風光。只要看他當時所寫的〈上三峽〉這首詩，就可以知道他的心情有多麼沉重了。詩曰：「巫山夾青天，巴水流若茲。巴水忽可盡，青天無到時。三朝上黃牛，三暮行太遲。三朝又三暮，不覺鬢成絲。」巫山夾著青天，巴水從中間流過。這狹窄的甬道，幾時才能走通呢？巴水是可以走到頭的，青天卻永遠也上不去。船在黃牛山旁繞來繞去，自己的兩鬢不知不覺地已經愁白了。而寫〈早發白帝城〉的時候，詩人已恢復了自由，順著剛剛經過的那條流放路，重又泛舟於三峽之間。他一定願意趁這個機會飽覽三峽的壯麗風光，可惜還沒有看夠、沒有聽夠，沒有來得及細細領略三峽的美，船已飛馳而過。「兩岸猿聲啼不盡，輕舟已過萬重山。」在喜悅之中又帶著幾分惋惜與遺憾，似乎嫌船走得太快了。「啼不盡」是說猿啼的餘音未盡，身子已經隨著船飛過了萬重山。雖然已經過了萬重山，但仍沉浸在剛才從猿聲裡穿過的那種感受之中。究竟是喜悅還是惋惜，此時複雜的心情，恐怕連詩人自己也難以分辨清楚了。

中國古典詩歌講究「言有盡而意無窮」，絕句的體裁短小，尤其要含蓄不盡。李白的這首詩既有一瀉千里的氣勢，又避免了一覽無餘的毛病，所以才能讓人百讀不厭，常讀常新。

（袁行霈）

宿五松山下荀媼家

我宿五松下，寂寥無所歡。田家秋作苦，鄰女夜舂寒。跪進雕胡飯，月光明素盤。令人慚漂母，三謝不能餐。

五松山，在今安徽銅陵縣南。山下住著一位姓荀的農民老媽媽。一天晚上李白借宿在她家，受到主人誠摯的款待，這首詩就是寫當時的心情。

開頭兩句「我宿五松下，寂寥無所歡」，寫出自己寂寞的情懷。這偏僻的山村裡沒有什麼可以引起他歡樂的事情，他所接觸的都是農民的艱辛和困苦。這就是三四句所寫的：「田家秋作苦，鄰女夜舂寒。」秋作，是秋天的勞作。「田家秋作苦」的「苦」字，不僅指勞動的辛苦，還指心中的悲苦。秋收季節，本來應該是歡樂的，可是在繁重賦稅壓迫下的農民竟沒有一點歡笑。農民白天收割、晚上舂米，鄰家婦女舂米的聲音，從牆外傳來，一聲一聲，顯得多麼淒涼啊！這個「寒」字，十分耐人尋味。它既是形容舂米聲音的淒涼，也是推想鄰女身上的寒冷。

五六句寫到主人荀媼：「跪進雕胡飯，月光明素盤。」古人席地而坐，屈膝坐在腳跟上，上半身挺直，叫跪坐。因爲李白吃飯時是跪坐在那裡，所以荀媼將飯端來時也跪下身子呈進給他。「雕胡」，就是「菰」，俗稱茭白，生在水中，秋天結實，叫菰米，可以做飯，古人當做美餐。姓荀的老媽媽特地做了雕胡飯，是對詩人的熱情款待。「月光明素盤」，是對荀媼手中盛飯的盤子突出地加以描寫。盤子是白的，菰米也是白的，在月光的照射下，這盤菰米飯就像一盤珍珠一樣地耀目。在那樣艱苦的山村裡，老人端出這盤雕胡飯，詩人深深地感動了，最後兩句說：「令人慚漂母，三謝不能餐。」「漂母」用《史記・淮陰侯列傳》的典故：韓信年輕時很窮困，在淮陰城下釣魚，一個正在漂洗絲絮的老媽媽見他飢餓，便拿飯給他吃，後來韓信被封爲楚王，送給漂母千金表示感謝。這詩裡的漂母指荀媼，荀媼這樣誠懇地款待李白，使他很過意不去，又無法報答她，更感到受之有愧。李白再三地推辭致謝，實在不忍心享用她的這一頓美餐。

李白的性格本來是很高傲的，他不肯「摧眉折腰事權貴」，常常「一醉累月輕王侯」，在王公大人面前是那樣地桀驁不馴。可是，對一個普通的山村老媽媽卻是如此謙恭，如此誠摯，充分顯示了李白的可貴品質。

李白的詩以豪邁飄逸著稱，但這首詩卻沒有一點縱放，風格極爲樸素自然。詩人用平鋪直敘的寫法，像在敘述他夜宿山村的過程，談他的親切感受，語言平淡，不露雕琢痕跡而頗有情韻，是李白詩中別具一格之作。（袁行霈）

月下獨酌（其一）

花間一壺酒，獨酌無相親。舉杯邀明月，對影成三人。月既不解飲，影徒隨我身。暫伴月將影，行樂須及春。我歌月徘徊，我舞影零亂。醒時同交歡，醉後各分散。永結無情遊，相期邈雲漢。

這首詩突出寫一個「獨」字。李白有抱負，有才能，想做一番事業，但是既得不到統治者的賞識和支持，也找不到多少知音和朋友。所以他常常陷入孤獨的包圍之中，感到苦悶、徬徨。從他的詩裡，我們可以聽到一個孤獨的靈魂在呼喊，這喊聲裡有對那個不合理的社會的抗議，也有對自由與解放的渴望，那股不可遏制的力量眞是足以「驚風雨」而「泣鬼神」的。

開頭兩句「花間一壺酒，獨酌無相親」，已點出「獨」字。愛喝酒的人一般是不喜歡獨自一個人喝悶酒的。他們願意有一二知己邊聊邊飲，把心裡積鬱已久的話傾訴出來。尤其是當美景良辰，月下花間，更希望有親近的伴侶和自己一起分享風景的優美和酒味的醇香。李白寫這首詩的時候正是這種心情，但是他有酒無親，一肚子話沒處可說，只好「舉杯邀明月，對影成三人」，邀請明月和自己的身影來作伴了。這兩句是從陶淵明的〈雜詩〉中化出來的，陶詩說：「欲言無予和，揮杯勸孤影。」不過那只是「兩人」，李白多邀了一個明月，所以是「對影成三人」了。

然而，明月是不會喝酒的，影子也只會默默地跟隨著自己而已。「月既不解飲，影徒隨我身」，結果還只能是自己一個人獨酌。但是有這樣兩個伴侶究竟是好的，「暫伴月將影，行樂須及春」，暫且在月和影的伴隨下，及時地行樂吧！下面接著寫歌舞行樂的情形：「我歌月徘徊，我舞影零亂。醒時同交歡，醉後各分散。」「月徘徊」，是說月被我的歌聲感動了，總在我身邊徘徊著不肯離去。「影零亂」，是說影也在隨著自己的身體做出各種不很規矩的舞姿。這時，詩人和他們已達到感情交融的地步了。所以接下來說：「醒時同交歡，醉後各分散。」趁醒著的時候三人結交成好朋友，醉後不免要各自分散了。但李白是捨不得和他們分散的，最後兩句說：「永結無情遊，相期邈雲漢。」「無情」是不沾染世情的意思，「無情遊」是超出於一般世俗關係的交遊。李白認爲這種擺脫了利害關係的交往，才是最純潔的最眞誠的。他在人間找不到這種友誼，便只好和月亮和影子相約，希望同他們永遠結下無情之遊，並在高高的天上相會。「雲漢」，就是銀河，這裡泛指遠離塵世的天界。這兩句詩雖然表現了出世思想，但李白的這種思想並不完全是消極的，就其對社會上人與人之間庸俗關係的厭惡與否定而言，應當說是含有深刻的積極意義的。

這首詩雖然說「對影成三人」，主要還是寄情於明月。李白從小就喜歡明月，〈古朗月行〉說：「小時不識月，呼作白玉盤。又疑瑤臺鏡，飛在青雲端。」在幼小的李白的心靈裡，明月已經是光明皎潔的象徵了。他常常借明月寄託自己的理想，熱切地追求她。〈把酒問月〉一開頭就說：「青天有月來幾時，我今停杯一問之。人攀明月不可得，月行卻與人相隨。」在〈宣州謝朓樓餞別校書叔雲〉這首詩裡也說，「俱懷逸興壯思飛，欲上青天覽明月。」他想攀明月，又想攬明月，都表現了他對於光明的嚮往。正因爲他厭惡社會的黑暗與汙濁，追求光明與純潔，所以才對明月寄託了那麼深厚的感情，以致連他的死也有傳說，說他是醉後入水中捉月而死的。明月又常常使李白回憶起他的故鄉。青年時代他在四川時曾遊歷過峨眉山，峨眉山月給他留下深刻的印象。他寫過一首〈峨眉山月歌〉，其中說「峨眉山月半輪秋，影入平羌江水流」，很爲人所傳誦。他晚年在武昌又寫過一首〈峨眉山月歌〉，是爲一位四川和尚到長安去而寫了送行的。詩裡說他在三峽時看到明月就想起峨眉，峨眉山月萬里相隨，陪伴他來到黃鶴樓；如今又遇到你這峨眉來的客人，那輪峨眉山月一定會送你到長安的；最後他希望這位蜀僧「一振高名滿帝都，歸時還弄峨眉月」。明月是如此地引起李白的鄉情，所以在那首著名的〈靜夜思〉中，才會說「舉頭望明月，低頭思故鄉」，一看到明月就想起峨眉，想起家鄉四川來了。明月，對於李白又是一個親密的朋友。〈夢遊天姥吟留別〉裡說：「我欲因之夢吳越，一夜飛度鏡湖月。湖月照我影，送我至剡溪。」在另一首題目叫〈下終南山過斛斯山人宿置酒〉的詩裡，他又說：「暮從碧山下，山月隨人歸。」簡直是以兒童的天眞在看月的。更有意思的是，當他聽到王昌齡左遷龍標的消息後，寫了一首詩寄給王昌齡，詩裡說：「我寄愁心與明月，隨君直到夜郎西。」在李白的想像裡，明月可以帶著他的愁心，跟隨王昌齡一直走到邊遠的地方。

當我們知道了明月對李白有這樣多的意義，也就容易理解爲什麼在〈月下獨酌〉這首詩裡李白對明月寄以那樣深厚的情誼。「舉杯邀明月，對影成三人」，「永結無情遊，相期邈雲漢」，李白從小就與之結爲伴侶的，象徵著光明、純潔的，常常使李白思念起故鄉的月亮，是值得李白對她一往情深的。孤高、桀驁而又天眞的偉大詩人李白，也完全配得上做明月的朋友。

（袁行霈）

與史郎中欽聽黃鶴樓上吹笛

一為遷客去長沙，西望長安不見家。黃鶴樓中吹玉笛，江城五月落梅花。

這首詩是詩人晚年流放遇赦、重返江夏（今湖北武昌）時作，時在乾元二年（七五九）五月。李白另有〈江夏使君叔席上贈史郎中〉云：「昔放三湘去，今還萬死餘。」「史郎中」，當即此詩中的「史郎中欽」，兩詩當為同時之作。

江城武昌，雲橫九派，長江之中，黃鵠磯頭，屹立著一座千古名樓——黃鶴樓。「遷客騷人，多會於此，覽物之情，得無異乎？」他們或嘆黃鶴遠逝，白雲空在，痛人間非神仙之住處；或登斯樓，臨風懷想，羨長江之浩渺；或滿目蕭然，魂斷神傷，嘆人生之迍邅。或發日暮鄉關之思，或抒投荒謫遷之情，留下了無數驚墨華章。李白此作抒遷謫之情，羈旅之思，飄零之感，遲暮之悲，「淒切之情，見於言外，有含蓄不盡之致」（《唐宋詩醇》），堪稱黃鶴樓詩中的名篇，也是李白絕句中最富情韻、最為蘊藉的佳作之一。

詩人以蒼涼激楚的音調叩響全詩：「一為遷客去長沙」，開首便用賈誼的典故。

遙想西漢賈誼，年輕有爲，卻被朝中權貴讒害，貶官長沙，數百年來一直爲人們所同情。詩人自天寶三載三月，被玄宗賜金還山，逐出長安以來，天涯飄零，不料因參加永王李璘幕府，釀成悲劇，被判長流夜郎。李白流放夜郎，按唐代刑法，乃是流刑，僅次於死刑的一種重刑。流刑依流放地的遠近，可分爲二千里、二千五百里、三千里三等。夜郎屬珍州，據《元和郡縣志》卷三十記載，該州「本徼外蠻夷之地」，「東北至上都五千五百五十里，東北至東都四千五百四十五里」，夜郎即在州之近側。由此可見，李白的流刑乃是最嚴重的一等，按《新唐書．刑法志》載：「特刑者三歲縱之」，可見李白的遭遇比賈誼要慘得多，李白遭流放後經常以賈誼自比，曾有「獨棄長沙國，三年未許回」（〈放後遇恩不霑〉）之句。詩人只得寄希望於特赦，其〈流夜郎贈辛判官〉云：「我愁遠謫夜郎去，何日金鷄放赦還？」乾元二年（七五九）三月丁亥（二十一日），「以旱降死罪，流以下原之」（《新唐書．肅宗紀》），李白終於因老天大旱而被赦還，五月抵武昌，遇到故人史欽郎中，同遊黃鶴樓，聞笛而感懷，遂作此篇。感慨良多，蘊藉至極。此詩一、二兩句，既是詩人境況的眞實寫照，又是用典虛寫，道出身世遭遇的沉淪之悲。側身西望，長安日遠，浮雲遮蔽。長安經過戰爭洗劫，宮圮廢頹，殘垣遍地，人民生靈塗炭，皇帝風塵奔走，更重要的是朝廷

「白日掩徂暉，浮雲無定端，梧桐巢燕雀，枳棘棲鴛鸞」（〈古風〉三十九），小人得志，群佞陰翳，詩人悲憤無端，家國之恨，沉淪之怨，湧上心頭。「西望長安不見家」，乃是天高皇帝遠之謂，「家」指皇帝，蔡邕《獨斷》：天子無外，以天下爲家，又居其地日家。長安城對遷謫之人來說，是多麼遙遠，多麼隔膜，望而不見，使詩人黯然神傷。多少酸楚、憤懣，盡在「西望」的典型動作中，眞是「憂讒畏譏，滿目蕭然，感極而悲者矣！」（范仲淹〈岳陽樓記〉）

「黃鶴樓中吹玉笛，江城五月落梅花」，黃鶴樓中，玉笛聲聲，悠揚悅耳，那是一闋《梅花落》的笛曲。《樂府詩集》卷二十四「漢橫吹曲」有《梅花落》，釋云：「本笛中曲也」。鮑照有〈梅花落〉樂府：「中庭雜樹多，偏爲梅咨嗟。問君何獨然，念其霜中能作花，露中能作實。搖蕩春風媚春日，念爾零落逐風飆，徒有霜華無霜質。」那飄轉江城的笛聲，時而幽咽泉冷，時而沉回轉側，時而繁音雜響，時而嘹亮悠遠，深深地撥動著詩人落寞悲涼的心弦，詩人眼前頓時幻化出一幅梅花飛舞、隨風飄颺的景象，這種幻覺乃是現實中聽覺與想像中視覺的通感結晶。《梅花落》倒作落梅花，所以寫高樓笛聲因風散落之情景，乃活用傳神之筆，實非趁韻。這種通感的例子不少，高適〈塞上聽吹笛〉：「借問梅花何處落？風吹一夜滿關山！」李白〈觀胡人吹笛〉：「胡人吹玉笛，一半是秦聲。十月吳山曉，梅花落敬亭。」亦可參證。詩人的高妙之處，是細膩地將自己當時的情緒，用「玉笛」、「梅花」兩種俱是十分美好的意象傳達出來，韻味雋永。「玉笛」多麼冰瑩，「梅花」多麼寒潔，這種美好的意象那麼冰清玉潔，它正與詩人落寞的心境相吻合，顯得悲涼婉轉，有力地烘托了詩的意境之美，尤其是結句，神韻悠然，弦外之音繚繞不盡。

李白早年還寫過〈春夜洛城聞笛〉：「誰家玉笛暗飛聲，散入春風滿洛城。此夜曲中聞折柳，何人不起故園情？」與此詩同樣是絕句，同樣寫聞笛，用意也相似，但一寫去國飄零之感，一抒鄉愁客思之情，構思不同。早年的詩是順敘，先寫聞笛，然後寫引起的思鄉感情，著力在前二句，意境條暢；而晚年的詩則是倒敘，先敘自己的心情，然後寫聞笛，著力在後二句，意境含蓄。竟陵派詩人鍾惺《唐詩歸》稱此詩是：「無限羈情，笛中吹來，詩中寫出。」可謂是一眼窺中此詩之「性靈」。

（郁賢皓　倪培翔）

獨坐敬亭山

眾鳥高飛盡，孤雲獨去閑。相看兩不厭，只有敬亭山。

李白平生最佩服的南朝詩人是曾任宣州（治所在今安徽省宣城市）太守的謝朓，敬亭山（原名昭亭山）就在宣州，山上有敬亭，爲謝朓臨眺吟詠之處。

〈獨坐敬亭山〉寫於天寶十二年（七五三）遊歷宣城之時，李白由於仕途不得志，政治理想不能實現，此時已經年過半百，垂垂老矣，孤寂淒涼之感時時襲上他的心頭。他孤獨地坐在敬亭山上，這是在欣賞山河美景，還是懷念往昔的才人呢？詩人沒有直接回答，而是爲讀者展示了眼前高曠闊闊的景色：「眾鳥高飛盡，孤雲獨去閑」，天之高與廣在眾鳥高飛和孤雲遠去中得到充分的表現。詩人用「盡」字表現眾鳥全都飛去，對敬亭山毫無留戀；用「閑」字描寫一片白雲悠然遠去，對敬亭山不屑一顧。一切有生和無生的都離開了敬亭山。這不僅描繪出怡然靜謐的意境；而且表現出一種不被理解的孤獨感，敬亭山是這樣，詩人也是這樣。

「相看兩不厭，只有敬亭山。」詩人看著敬亭山，遂想像敬亭山也看著自己。詩人和敬亭山相望著永不知倦。這是因爲詩人在敬亭山的形象中找到了自己。這正像南宋辛棄疾在〈賀新郎〉中所說：「我見青山多嫵媚，料青山見我應如是」。山是詩人個性的外化。

和流水的千姿百態不同，山是最少變動的（起碼在古人眼中如此）。古人說「仁者樂山」，就是從它屹立不變和蘊蓄萬物而言的。因爲山不動就難以描寫，因此，詩人總借助附著於山、與山有關的事物化靜爲動來展現其形象。如陶淵明的「採菊東籬下，悠然見南山」，左思的：「白雲停陰崗，丹葩曜陽林，……非必絲與竹，山水有清音」都是如此。而此詩表現的不僅是靜態的敬亭山，而且把可能附著於山的東西也都驅趕而盡了。鳥讓它飛去，孤雲讓它飄走，敬亭山還有什麼呢？什麼也沒有了，然而這才是眞正的敬亭山。詩人就望著這座靜止而孤獨的山，他想敬亭山也以同樣的目光望著自己。這已不是風景詩，而是抒情詩了，抒發了詩人的苦悶、淒涼和孤獨。但也包含著像敬亭山一樣的堅定。此詩短小但蘊涵豐富，故長久爲讀者所喜歡。

（王學太）

春夜陪從弟宴桃李園序

夫天地者，萬物之逆旅；光陰者，百代之過客。而浮生若夢，爲歡幾何？古人秉燭夜遊，良有以也。況陽春召我以煙景，大塊假我以文章。會桃花之芳園，序天倫之樂事。羣季俊秀，皆爲惠連；吾人詠歌，獨慚康樂。幽賞未已，高談轉清。開瓊筵以坐花，飛羽觴而醉月。不有佳詠，何伸雅懷？如詩不成，罰依金谷酒數。

這篇短文是李白集中的名篇，如〈與韓荊州書〉一樣，爲各種古文選本所共收。〈與韓荊州書〉表現李白積極用世的精神，而這篇短文則表現了他俯仰今古的廣闊胸懷和樂觀精神。

黃錫珪《李太白年譜》「賦及雜文編年目錄」定此文爲開元二十一年春李白在安陸作，〈與韓荊州書〉爲是年夏作，時間相距很近。黃氏的編定可信從。白稍後有〈安陸白兆山桃花巖寄劉侍御綰〉、〈長相思〉等詩，〈長相思〉也有「日色欲盡花含煙」之語，可見當時安陸桃花很盛。則李白園中栽種，亦合情理。

據舊譜，當時李白已婚於許圉師家。開元二十一年（七三三）白年三十三歲。其政治上的不得意，見於〈上安州裴長史書〉、〈與韓荊州書〉等文，從這篇短文也可看出他對人生的看法，「浮生若夢，爲歡幾何」，頗有些渺茫難知的感覺，但「吾人詠歌，獨慚康樂」，「不有佳詠，何伸雅懷」，基本精神還是樂觀的。

文章的開頭說：

> 夫天地者，萬物之逆旅；光陰者，百代之過客。而浮生若夢，為歡幾何？古人秉燭夜遊，良有以也。

這是古往今來英雄志士、騷人墨客共同感受的至理。〈古詩十九首〉之三：「人生天地間，忽如遠行客。」李白則先從天地、光陰（指日月運行）談起，用逆旅（客舍）比天地，就較劉伶說的「吾以天地爲棟宇」（《世說新語・任誕》）爲深刻，而用過客比喻光陰催人易老，甚是恰當。

接下去說「浮生若夢」，略同於曹操〈短歌行〉的「對酒當歌，人生幾何，譬如朝露，去日苦多」，這更是李白素習道家之學的反映：「昔者莊周夢爲蝴蝶，……俄然覺，則蘧蘧然周也，不知周之夢爲蝴蝶與？蝴蝶之夢爲周與？……此之謂物化。」

（《莊子・齊物論》）人生數十寒暑，至爲短暫，如夢一場，小說《枕中記》（記黃粱夢）是頗能打動人的。既然人生如夢，歡樂自然不能長久。「幾何」二字極言短少，鮑照〈擬行路難十八首〉之三：「人生幾時得爲樂？」之五：「人生苦多歡樂少，意氣敷腴在盛年。」李白用此意，出之問語，極其簡練。

〈古詩十九首〉之十五：「生年不滿百，常懷千歲憂，晝短苦夜長，何不秉燭遊？爲樂當及時，何能待來茲？」曹丕〈與吳質書〉也說：「少壯眞當努力，年一過往，何可攀援？古人思秉燭夜遊，良有以也。」李白直用其語，而承接非常自然。這一句就暗寫了夜宴。

第一段是總論。

第二段說：

> 況陽春召我以煙景，大塊假我以文章，會桃花（《文苑英華》作桃李）之芳園，序天倫之樂事。羣季俊秀，皆為惠連；吾人詠歌，獨慚康樂。

這裡寫春景，也寫了諸人聚會，梁元帝《纂要》：「春爲陽春、三春、九春。」煙景喻美景，煙字似言春暖之氣，如說「花含煙」，李白〈落日憶山中〉詩：「雨後煙景綠，晴天散餘霞。」也說的春景。大塊指地，張華〈答何劭〉詩：「洪鈞陶萬類，大塊稟羣生。」李善註：「洪鈞，大鈞，謂天也，大塊謂地也。」文章說文采，也指文辭，《史記・儒林列傳》序：「文章爾雅，訓辭深厚。」這兩句陽春說時，大塊說地，文因美景而成。習語說大塊文章，則指鴻文鉅制。這裡寫了自己，也寫了諸從弟，然後是寫聚會的所在和活動，「會桃花之芳園，序天倫之樂事」，天倫出自《穀梁傳・隱公元年》：「兄弟，天倫也。」范甯集解：「兄先弟後，天之倫次。」兄弟手足之情，故叫兄弟聚談爲天倫樂事。

「羣季俊秀，皆爲惠連」，群季謂諸弟，二句贊揚諸從弟皆有文才，南朝宋謝惠連是謝靈運的從弟，「年十歲能屬文，族兄靈運加賞之云：每有篇章，對惠連輒得佳語，嘗於永嘉西堂思詩，竟日不就，忽夢見惠連，即得『池塘生春草』，大以爲工。嘗云：此語有神功，非吾語也。」（《南史・謝方明傳》附惠連傳）「吾人詠歌，獨慚康樂」，又說到自己，是謙詞，不是自負，以太白之才，尚以爲不如靈運。《宋書・謝靈運傳》：「史臣曰：……靈運之興會摽舉，（顏）延年之體裁明密，並方軌前秀，垂範後昆。」靈運也曾說過：「天下才共一石，曹子建獨得八斗，我得一斗，自古及今共用一斗。」（《釋常談》）李白虛懷若谷，不似後人動以曹植、靈運自喻。

這一段寫桃花園聚會與聚會諸人，只在寫園中而不在細寫桃花，因桃花人所常見，不必細寫，而令人想像得之。寫聚會諸人重在文才，不在其他，因爲夜宴的目的就是敘談和賦詩，而賦詩更爲主要目的。

第三段說：

> 幽賞未已，高談轉清。開瓊筵以坐花，飛羽觴而醉月。不有佳詠（《文苑英華》為佳作），何伸雅懷？如詩不成，罰依金谷酒（《英華》註「集有斗字」）數。

這裡稱賞景爲幽賞，可見園景之幽美，賞之未足，接以清談，清談的內容雖未詳述，但大抵不外第一段那樣的內容，前後照應，讀之自見。「開瓊筵以坐花，飛羽觴而醉月」，這才是夜宴的正面敘寫。是明寫。瓊筵喻珍美的筵席，羽觴出自〈招魂〉：「瑤漿蜜勺，實羽觴些。」《漢書·外戚傳》註：「師古曰：酒行疾如羽也。孟康曰：羽觴，爵也，作生爵形，有頭尾羽翼。……師古曰：孟說是也。」謝朓〈送遠曲〉說：「瓊筵妙舞絕，桂席羽觴陳。」坐花、醉月表現桃園夜宴，用開筵的開、坐花的坐、飛觴的飛、醉月的醉，在動中著力地活畫出當日飲宴的境況。這兩句偶對與第一段開始的排比句、第二段的全用偶句，都增加了文章的整飭，駢散結合得妙。

最後說「不有佳詠，何伸雅懷」？寫出夜宴作詩的目的，「詩者，志之所之也」（《詩．大序》），詩人的情志，只有用詩來表現。「如詩不成，罰依金谷酒數」，結尾是督促勉勵，緣用舊事舊語。石崇《金谷詩敘》：「遂各賦詩，以敘中懷。或不能者，罰酒三斗。感性命之不永，懼凋落之無期。」這裡的前二句即李白說的「不有佳詠，何伸雅懷」，末二句與本文第一段的意思也相近。

可惜李白與諸從弟的桃園賦詩今已無存。

這一篇文章很能吸引讀者，千餘年來諷誦不衰。而行文流暢，音調鏗鏘，字字珠璣，的是非凡之作。我將它分爲三段，段各八句，較爲整齊，全篇二十四句，一百一十九字。

這篇文章，從末段明顯可見受到石崇〈金谷詩敘〉的影響，當然也受到王羲之〈蘭亭集序〉的影響，比較讀之自見。但不是簡單的擬作，而是有革新變化的創作。與前面的兩篇著名序文相比，雖然較爲簡短，但文章精練，堪稱鼎足而三。

這是序文，明人吳訥說：「序之體，始於《詩》之大序，首言六義，次言風雅之變，又次言〈二南〉王化之自。其言次第有序，故謂之序。東萊云：『凡序文籍，當序作者之意。如贈送燕集等作，又當隨事以序其實也。』大抵序事之文，以次第其語，善敘事理爲上。」（《文章辨體・序說》）〈春夜陪從弟宴桃李園序〉既是記事的序文，符合上述要求，其第一段又可以當作哲理短論，而全篇更可以當作催人奮勉的座右銘讀。

《文苑英華》卷七一〇《序・遊宴》題作〈春夜宴諸從弟桃（四部叢刊本有花字）園序〉，正文中作「會桃李之芳園」，故有的選本作〈春夜宴桃李園序〉。第一句下四部叢刊本及咸淳本有註：「一本作『夫萬物者，天地之逆旅也』。」恐是偶誤，《莊子・知北遊》只是說：「世人直爲物逆旅耳。」說的是人，沒有說物。一本所作不如今本的妥善。又《四六法海》說，「太白文蕭散流麗，乃詩之餘，然有一種腔調，易啟人厭，如陽春、大塊等語，殆令人聞之欲吐矣。陸務觀亦言其識度甚淺。」（《李白集校註》卷二十七「評箋」引）大概後世沿用擬作者多，才令人有見而生厭之感。「天地」、「大塊」字面略復，不足爲病。

（**劉開揚**）

掌中書 015

細品李白——信手拈來盡成詩

選　　編 —— 袁行霈
撰　　文 —— 朱光潛、袁行霈　等
發 行 人 —— 楊榮川
總 經 理 —— 楊士清
總 編 輯 —— 楊秀麗
叢書企畫 —— 蘇美嬌
封面設計 —— 姚孝慈
出 版 者 —— 五南圖書出版股份有限公司
地　　址 ——台北市大安區 106 和平東路二段 339 號 4 樓
電　　話 ——02-27055066（代表號）
傳　　眞 ——02-27066100
劃撥帳號 ——01068953
戶　　名 ——五南圖書出版股份有限公司
網　　址 ——https://www.wunan.com.tw
電子郵件 ——wunan@wunan.com.tw
法律顧問 —— 林勝安律師
出版日期 —— 2023 年 6 月初版一刷
定　　價 —— 220 元

國家圖書館出版品預行編目資料

細品李白 : 信手拈來盡成詩 / 袁行霈選編 ; 朱光潛 , 袁行霈等撰 .-- 初版 .-- 臺北市 : 五南圖書出版股份有限公司 , 2023.06
面 ;　公分
ISBN 978-626-343-916-0(平裝)

1.CST: (唐) 李白　2.CST: 唐詩　3.CST: 詩評

851.4415　　112003276